¡UNA NUEVA SERIE DE CUENTOS TENEBROSOS!

EL DR. MANÍACO CONTRA CONTRA ROBBY SCHWARTZ

R.L. STINE

SCHOLASTIC INC.
New York Toronto London Auckland
Sydney Mexico City New Delhi Hong Kong

Originally published in English as Goosebumps HorrorLand #5: *Dr. Maniac vs. Robby Schwartz*

Translated by Iñigo Javaloyes

ISBN 978-0-545-27071-7

Goosebumps book series created by Parachute Press, Inc.

Goosebumps HorrorLand #5: *Dr. Maniac vs. Robby Schwartz* copyright © 2008 by Scholastic Inc. Translation copyright © 2011 by Scholastic Inc.

12 11 10 9 8 7 6 5 4 3 2 1   11 12 13 14 15 16/0

Printed in the U.S.A.   40

First Scholastic Spanish printing, January 2011

¡3 ATRACCIONES EN 1!

EL DR. MANÍACO CONTRA
CONTRA
ROBBY SCHWARTZ

—¡Ay!

Noté un mosquito en el cuello y me di un manotazo. Demasiado tarde. Sentí una gota de sangre entre los dedos.

Las botas se hundían bajo mi peso en el suelo enlodado cuando oí correr algo entre la hojarasca. Seguramente un coyote asesino preparándose para degollarme.

Sí, estas acampadas familiares pueden ser de lo más entretenidas. Tanto como si un orangután loco me arrancara los dientes con unos alicates oxidados.

—Robby, no te quedes atrás —dijo papá, que avanzaba de primero por la senda.

—Sí, Robby, ¡vamos! —gritó mi hermano Sam.

Él también detesta las acampadas. Por mucho que finja lo contrario. Si actúa así es porque es el hermano del medio y siente que tiene que esforzarse más.

—Deja de copiar a papá —grité.

—¡Deja de copiar a papá! —dijo él como un lorito.

—¡Déjame en paz! —dije.

—¡Déjame en paz! —repitió él.

—¡Déjenme a mí en paz! —protestó Taylor, nuestra hermana.

Mis padres se rieron. Taylor tiene siete años y para ellos cualquier cosa que ella diga es una maravilla.

Se ríen hasta cuando eructa. Pero cuando Sam y yo hacemos competencia de eructos en la mesa, mamá se enoja y nos hace callar. ¿Es eso justo?

—¡Uuups! —grité al tropezar con una rama caída. Perdí el equilibrio, me tambaleé y acabé en el lodo. La mochila me golpeó con todo su peso.

Oí a Sam y a Taylor reírse.

—No tiene gracia —dijo mamá, como de costumbre: ella es la única de la familia incapaz de hacer una sola payasada.

—Claro que tiene gracia —dijo Sam—. Robby es un payaso.

—¡Pa–ya–so! ¡Pa–ya–so! —coreó Taylor mientras daba saltitos como una idiota alrededor de mis padres.

Papá puso la carpa en el suelo y me ayudó a levantarme.

—¡Oye! Ya tienes un nuevo superhéroe para tus tiras cómicas —dijo—. Se llama superpayaso y caza a los villanos tropezándose con ellos.

—Ja, ja —dije con una mueca de resignación—. ¿Ves cómo me río? Eres realmente chistoso.

Mi familia se pasa el día sugiriéndome ideas pésimas para mis tiras cómicas. Yo no les hago caso. No tienen ni idea de lo que mis creaciones significan para mí.

Papá me puso la mochila en los hombros y me alborotó el pelo con la mano.

Tengo el pelo castaño claro, casi rubio. Y me dejan llevarlo largo y despeinado. Siempre me lo echo hacia atrás con la mano. Jamás me lo cepillo.

Y tengo muchísimo pelo. Tanto que ni siquiera cabe en mi gorra de béisbol.

Creo que esa es la razón por la que a mi papá le gusta alborotármelo. Porque él está más calvo que un boliche.

Hace varias semanas dibujé un personaje para mis tiras cómicas que se parecía bastante a él. Lo llamé Coco Rosa. Aún no se lo he enseñado porque no le hace mucha gracia tener un enorme huevo rosado sobre los hombros.

Soy el único de la familia con el pelo rubio y la piel clara. Tanto Sam como Taylor tienen el pelo negro como las plumas de un cuervo, y los ojos de un negro profundo, como mamá. Los dos son bajitos. Y a Sam le sobran unas cuantas libras. No hay nada que le moleste más que yo le toque la barriga con el dedo y le diga que parece un bebé.

El sol se escondió tras las nubes y la noche

empezó a caer en el bosque. Papá señaló con el dedo hacia delante.

—Acampemos junto a esos árboles altos —dijo—. Hay pasto, así que el suelo estará más firme.

Aparté una nube de moscas de mi cara. Me pregunto para qué sirven esos insectos. O sea, ¿realmente los necesitamos? La respuesta es *no*.

Encontramos un área estupenda bajo los árboles y empezamos a montar las dos carpas. Mamá y papá sacaron las bolsas de dormir.

Papá tomó un buen trago de la botella de agua y, sin previo aviso, me escupió un chorro. Pero me aparté a tiempo.

—¡Fallaste! —dije.

—Norman, deja de molestar a Robby —dijo mamá.

—¡Otra vez, papi! —dijo Sam.

—Oye, Robby —dijo papá con una carcajada—, ¿quién te enseñó a escupir chorros de agua tan perfectos? Fui yo, ¿a que sí? *¡El maestro escupidor!*

Lo miré con resignación.

—¿Por qué es tan difícil que en esta familia haya gente seria? —preguntó mamá.

Saqué mi computadora portátil y me senté sobre la mochila. Me puse la computadora sobre las rodillas y la encendí.

—Estoy tratando de cargar una tira cómica, pero no encuentro conexión —le dije a papá al poco rato—. ¿Cómo me conecto a Internet?

—¿Por qué no intentas disfrutar del aire libre? —dijo mamá—. Estamos acampando, así que guarda ese trasto.

¡Qué desesperación!

—Me muero de aburrimiento. Lo único que hay aquí es naturaleza, naturaleza y más naturaleza.

Papá me miró con su sonrisita sarcástica.

—A tu mamá y a mí nos gusta la naturaleza, el aire fresco, el paisaje…

—Es que ustedes son muy raros —dije.

Papá señaló el bosque.

—Prometiste no quejarte, ¿te acuerdas? El sol está a punto de ponerse así que ve a ayudar a tu hermano a buscar un poco de leña.

Me quejé un poco más, guardé mi computadora y fui hacia el bosque a ayudar a Sam.

Lo que más me apetecía en ese momento era seguir trabajando en mi nueva tira cómica. Llevo dibujando desde los siete años, pero acababa de crear al mejor de todos mis villanos: El Dr. Maníaco, el Gran Maestro del Caos.

—No está mal, ¿verdad?

Volví a tropezar y esta vez me golpeé un hombro contra un árbol. Las hojas se agitaron sobre mí. Una ardilla se puso de pie, se me quedó mirando y se escabulló entre los arbustos.

El Dr. Maníaco contra el Niño Ardilla.

A lo mejor funciona. El Dr. Maníaco obliga al Niño Ardilla a comerse una bellota envenenada, convirtiéndolo en una ardilla gigante. El Dr.

Maníaco podría incluso transformar en ardillas a mil niños y...

No puedo evitarlo. A donde quiera que vaya, siempre estoy pensando en historias para mis tiras cómicas. Hasta en el bosque.

Me detuve y miré a mi alrededor. ¿Y la senda? De pronto me vi a mí mismo sobre una gruesa alfombra de palos y hojas secas. Las copas de los árboles tapaban el sol.

¿Cuánto tiempo llevaba caminando? Tengo muy mal sentido de la dirección. ¡Me pierdo hasta en mi habitación!

—¡Sam! —grité—. ¿Sam? ¿Estás ahí?

Nada.

—¡SAAAAAM! —grité con todas mis fuerzas—. ¿DÓNDE estááás?

Un pájaro lanzó un potente graznido desde algún lugar del bosque.

Luego oí pasos detrás de mí.

Me volteé y suspiré al ver una silueta que salía de entre los árboles.

—¡No! ¡No *puede* ser! —dije con dificultad—. No... ¡No puedes ser real! ¡Yo te inventé!

El Dr. Maníaco esbozó una malévola sonrisa.

Sí. El Dr. Maníaco. El villano que yo mismo creé.

Se me acercó con su sonrisa de psicópata, echando hacia atrás su capa de piel de leopardo.

—Te mostraré cuán REAL soy —dijo—. ¡Cómete esta ARDILLA MUERTA!

Levantó sus manos enguantadas y me enseñó una ardilla medio descompuesta a la que le faltaban jirones de pelo en el lomo.

—¡CÓMETELA! —dijo el Dr. Maníaco.

Di un paso hacia atrás pero me topé con el tronco de un árbol.

—¡Estás *loco*! —dije.

—De loco nada —dijo sacudiendo la cabeza—. ¡MANÍACO!

Me empujó con el torso. En el pecho llevaba impresa una enorme M dorada.

—Y ahora cómetela —exigió—. ¡CÓ-ME-TE-LA!

Me plantó la ardilla putrefacta delante de la cara.

Espero no haberlos confundido. El capítulo anterior era una tira cómica que yo mismo inventé.

Sam y yo estábamos sentados en la parte trasera de nuestro vehículo todo terreno. Aún no habíamos llegado al lugar donde acamparíamos. Estábamos de camino.

Nos dirigíamos al bosque con papá y el resto de la familia, y en ese momento le mostraba a Sam mi última historia del Dr. Maníaco en mi computadora.

—¿Qué te parece? —dije—. La parte de la ardilla muerta no está mal, ¿verdad? ¿Te gusta cuando el Dr. Maníaco me pone el cadáver del animal delante de la cara?

—Sí. No está mal —dijo Sam con la mirada fija en la pantalla—. Pero hay una cosa que no entiendo. ¿Quién es ese camarón gordito que viaja con la familia?

—¿Quién va a ser? —contesté—. Ese eres tú.

Sam me dio un golpe en el brazo.

—Yo no me parezco a ese ni en broma —dijo.

—¿Te has mirado al espejo alguna vez? —pregunté.

—¿Y tú has tomado clases de dibujo alguna vez? —respondió él—. ¡Soy casi tan alto como tú!

Mientras papá aceleraba por la autopista, veíamos los árboles pasar como centellas. A mis padres les encanta acampar y nos llevan con ellos casi todos los fines de semana.

Personalmente, lo único que me gusta de ir a acampar es que me inspira a crear historias sobre el Dr. Maníaco.

Veíamos pasar granjas y prados, y Taylor iba en el asiento del medio dando palmadas al ritmo de la música de la radio. Mamá avisaba cada vez que veía una vaca o un caballo, pero nadie le hacía caso.

Sam volvió a leer mi tira cómica.

—¿Y si hoy vas a buscar leña al bosque y se te aparece el Dr. Maníaco de verdad? —preguntó.

—Robby —dijo mamá desde el asiento delantero—, espero que esta vez dejes tu computadora en el auto y eches una mano. Siempre dejas todo el trabajo a Sam y a Taylor.

—¡Eso, podrías unirte a la familia para variar! —dijo Taylor. Se volteó y me sacó la lengua. Tenía la lengua morada de todos los dulces que había comido.

La Lengua Morada al ataque.

"Buen nombre para una tira cómica —pensé—. Vamos a ver, un niño va al dentista. Mientras le

9

hacen un empaste, el dentista comete un error y la lengua cae al suelo. La lengua empieza a crecer. Está enfurecida. No le gusta estar fuera de la boca. Y la lengua… ¡ATACA!"

—Miren esas ovejas —dijo mamá—. ¿Están disfrutando del paisaje?

—Sam, ¿cómo crees que debo continuar la historia? —pregunté—. ¿Me como esa repugnante ardilla muerta o trato de escapar? No sé qué me gusta más.

—Podrías hacer las dos cosas —contestó Sam—. Comértela y escaparte.

La opinión de mi hermano no suele servirme de mucho. A él no le gusta escribir historias. Lo suyo son los juegos de video. Pasa horas y horas jugando Batalla de Ajedrez. Es un tipo bastante raro.

—El uniforme del Dr. Maníaco no está mal —dijo Sam—. ¡Va vestido como un auténtico maníaco! ¿Leotardos rojos y azules, y una M dorada en el pecho? ¿Guantes amarillos? ¿Botas blancas completamente forradas de plumas? *¡Qué locura!*

—Sí. Está absolutamente chiflado —dije.

—¡El chiflado eres tú! —dijo Taylor—. ¿Por qué no escribes una tira que se llame *Robby Schwartz, el hermanito maníaco y atolondrado*?

Me incliné hacia adelante y le di un golpecito en la cabeza.

—¡Maníaco! —gritó.

—¿Por qué no cambian el tema de conversación?

—dijo mamá—. Miren qué arbustos más interesantes hay junto a la carretera.

¿Arbustos *interesantes*? Sam y yo soltamos una carcajada.

—¡Muy bueno, mamá! —dije.

Papá tomó la siguiente salida de la autopista. Fuimos casi dando botes por un camino de tierra hasta llegar a una pequeña zona de estacionamiento llena de lodo.

Salí del auto al sol radiante de la mañana. El aire tenía un olor fresco y dulzón y dos aves rapaces de color rojizo planeaban en círculos sobre los enormes abetos.

Puse la computadora en mi mochila con cuidado. Taylor se bajó del auto, corrió hacia mí y me dio un pisotón.

—¡AYY! ¿Se puede saber por qué haces eso? —pregunté.

—Por nada en especial.

Me fui cojeando a la parte trasera del auto. Era el momento de desempacarlo todo.

Siempre llevamos dos carpas, bolsas de dormir, trastos para cocinar y montones de suéteres y ropa extra. Nos lo echamos todo encima como bestias de carga y lo llevamos al bosque. No es, desde luego, mi parte favorita de las excursiones.

De hecho, no hay nada de ir a acampar que me guste mucho, ¿pero qué voy a hacer si mis padres están locos por el aire libre?

Siempre tomamos el mismo sendero del bosque

y, pasados unos veinte minutos, llegamos a un prado en un claro. Entonces hay que montar las carpas y hacer una hoguera antes de que se ponga el sol.

—Supongo que ahora querrás que vaya por leña —dije a papá después de poner las últimas clavijas de la carpa.

—Aquí cada uno se encarga de una cosa —dijo él.

—¿Ah, sí? ¿Y de qué se encarga Taylor?

—De ser linda —respondió él.

Taylor volvió a sacar la lengua, que seguía de color morado. Sí, estaba lindísima.

Con mucho cuidado, puse mi mochila, en la que iba mi computadora, al fondo de la carpa. Luego fui a buscar palos y troncos entre los árboles.

A medida que iba avanzando entre las sombras, el aire se iba haciendo más fresco. El viento me empujaba el cabello sobre la cara. Una mariposa de color negro y anaranjado revoloteaba ante mí, como si quisiera marcarme el camino.

"Vaya —pensé—. Aquí estoy recogiendo leña en el bosque yo solito. Como en mi tira cómica. Es la misma escena en que empiezo a llamar a Sam sin que me responda. Y entonces, el Dr. Maníaco sale de entre los árboles".

En ese preciso instante hubo un ruido entre los arbustos… pisadas en la hojarasca acercándose a mí… ¡rápidamente!

—¡El Dr. Maníaco!

No. Claro que no era el Dr. Maníaco.

Me quedé mirando a Sam, que se acercaba cargado de ramas y palos para la hoguera.

—Robby, ¿se puede saber qué te pasa? —preguntó.

—Me... me has dado un buen susto —dije—. Pensé que eras el Dr. Maníaco, ya sabes, como en mi tira cómica.

Sam me miró entornando los ojos.

—No seas tonto —dijo—. ¿Vas a empezar a mezclar las tiras cómicas con la vida real?

Tenía el pulso acelerado, pero me fui calmando poco a poco.

—Oye, Sam —dije—, ¿te imaginas lo divertido que sería ver héroes y villanos de verdad corriendo por el bosque? ¿O volando entre los árboles con sus capas y sus leotardos?

Nos echamos a reír. La idea tenía su gracia.

—Robby —dijo él mientras yo me agaché a recoger más palos—, ¿por qué tu personaje principal es un villano? ¿Por qué no lo conviertes en un superhéroe?

—Los villanos me parecen más interesantes —dije.

El chasquido de una rama rota me hizo dar un brinco. Las ramas que tenía en las manos volaron por los aires.

—¿Y *eso*? ¿Qué ha sido *eso*?

—Una ardilla, seguramente —dijo Sam riéndose—. O un mapache. ¿No recuerdas que estamos en el bosque? El bosque está lleno de animales, por si no lo sabías.

—Lo decía en broma —mentí—. Estaba tratando de darte un susto.

Me agaché para recoger los palos que había tirado.

¡Ah! Miré aquello con los ojos como platos… y di un grito de espanto.

—¡NO! ¡IMPOSIBLE!

—Buen intento —dijo Sam—. Pero no me has asustado. Vuelve a intentarlo.

—No, no lo comprendes —dije con la voz entrecortada—. No estoy bromeando, mira.

Había un jirón de tela enganchado en la rama de un árbol. La quité y se la mostré a Sam.

Sus negros ojos casi se le salieron de sus órbitas.

—¿Piel de leopardo? —preguntó en voz baja.

—Piel de leopardo —respondí—. Como la capa del Dr. Maníaco.

—¡Qué tontería! —dijo Sam—. ¿Qué hace eso aquí?

—No lo sé —dije, metiendo el jirón de tela en el bolsillo de mis *jeans*—, pero voy a averiguarlo.

Por supuesto, no les conté nada a mis padres sobre la tela de piel de leopardo. Seguramente pensarían que yo mismo la puse allí.

En mi familia siempre nos gastamos bromas los unos a los otros. Por eso a veces nos cuesta decidir qué creer y qué no creer.

Hicimos una gran hoguera y preparamos la cena en el fuego. Cada cual asó su propio perro caliente, excepto mamá, que, como no come carne, se preparó dos hamburguesas de soja. Tenían un aspecto verde, bastante asqueroso, la verdad, aunque ella diga que cualquier cosa cocinada al fuego sabe rica. Sobre todo si la embadurnas de salsa de tomate.

Después de cenar estuvimos bromeando un rato, y papá contó algunos chistes realmente malos.

El que más me gustó fue el del chico que tenía un plátano metido en la oreja. Alguien le pregunta: "¿Por qué tienes un plátano en la oreja?". Y el chico responde: "No te oigo porque tengo un plátano en la oreja".

Quizás es un chiste viejo, pero fue la primera vez que lo oí. La verdad es que me hizo mucha gracia.

Taylor se inventó algunos chistes tipo "Toc, toc. ¿Quién es?", pero no tenían ningún sentido y Sam y yo tuvimos que suplicarle que cerrara el pico.

Antes de ir a dormir, vimos la Luna sobre los árboles y sentimos que bajaba la temperatura.

Taylor, Sam y yo nos metimos en una carpa. Yo me metí hasta el fondo de mi bolsa de dormir y traté de cubrirme la cabeza, pero era demasiado corta.

Cerré los ojos y oí que Taylor canturreaba en la bolsa de al lado.

—Cállate —susurré—. ¿Cómo voy a dormirme si no te callas?

—Ya sabes que me gusta cantar —dijo—. Es la única forma en la que puedo dormirme.

Taylor es un bicho raro de mucho cuidado. Tiene otras manías aparte de esa. Por ejemplo, duerme con los ojos totalmente abiertos, lo que me pone la carne de gallina.

Me di la vuelta hacia el otro lado y oí el ulular de una lechuza. Una ráfaga de viento sacudió toda la carpa.

Apreté los ojos con fuerza y traté de poner la mente en blanco… de no pensar absolutamente en nada.

Me quedé dormido un ratito hasta que algo me despertó.

Me senté y me di cuenta de que el corazón me latía con fuerza.

Oí toser a alguien y unos pasos avanzando suavemente sobre el pasto.

¿Había alguien ahí fuera llamando mi nombre?

Salí de la bolsa de dormir con un extraño escalofrío. Sam y Taylor seguían dormidos.

Podía oír los silbidos que Taylor hacía al respirar.

Me puse de rodillas y saqué la cabeza fuera de la carpa.

La pálida Luna brillaba ahora en lo más alto del cielo y una nube alargada en forma de serpiente la cortaba por la mitad. Las nubes tapaban las estrellas y el aire estaba cargado y húmedo.

Los pasos venían de entre los árboles. Oí una voz que hablaba muy rápido. ¿Qué decía?

Estaba medio dormido. No podía pensar con claridad.

Me puse los tenis y salí de la carpa. Me sentía casi como un sonámbulo. No lo sé. Lo único que sé es que dejé las carpas atrás mientras me acercaba a un claro entre los árboles.

Me acerqué al bosque atraído por esos extraños sonidos. Tenía que saber quién estaba allí y por qué pronunciaba mi nombre.

Pensé con cierto alivio que debía de ser papá.

Nuestra familia era la única que acampaba en los alrededores, así que debía de ser papá el que trataba de hacer una de sus estúpidas bromas.

Me detuve ante las sombras que proyectaban los árboles y me quedé helado al ver una silueta que se movía rápidamente hacia mí.

—¿Papá? —pregunté nervioso.

Luego vi la capa, ¡la capa de piel de leopardo!, ondeando en el viento.

La luz de la Luna iluminó al Dr. Maníaco. En la mano llevaba una ardilla muerta.

—¿Eres real? —dije casi sin aliento—. ¡No es posible!

—Cómete esta ardilla muerta —dijo el Dr. Maníaco.

Tenía los ojos saltones y sonreía de oreja a oreja. Su voz aguda le salía de lo más hondo de su ser. La M dorada del pecho brillaba a la luz de la Luna.

—¡Esto es una locura! —le dije—. ¡No existes! ¡Te he inventado yo!

—¡Cómete la ardilla, Robby! —insistió, elevando el animal muerto en ambas manos—. Deja de ser cobarde. Quiero ver lo valiente que eres.

—¿Yo? ¿Valiente? —dije—. ¿Estás loco?

—De loco, nada, la palabra es… ¡MANÍACO! —dijo—. ¡Cómete la ardilla!

Me puso la ardilla delante de la cara.

"¡Bufff!"

Sentí el olor rancio del cadáver entrándome por la nariz. El pelo duro y apelmazado del animal muerto me raspaba las mejillas, y sentí que se me revolvió el estómago. Aquel hedor me empezaba a asfixiar.

—Vamos —dijo el Dr. Maníaco—. Enséñame lo valiente que eres. ¿O acaso tu hermanito Sam es el valiente?

—¿Sam? ¿Estás loco? ¡NI HABLAR! —grité.

Retrocedí unos pasos para alejarme de ese olor terrible y de ese cuerpo rígido y peludo que el Dr. Maníaco puso contra mi piel.

Me froté la nariz. Me limpié la cara con las dos manos. Quería quitarme de la piel esa sensación de animal muerto.

Cuando levanté la mirada el Dr. Maníaco seguía allí. Tenía la ardilla muerta en una mano y con la otra se echaba la capa hacia atrás. Me miró fijamente, analizándome.

—De acuerdo —susurré—. Está bien. ¡Digamos que YO soy el valiente!

El Dr. Maníaco se llevó la ardilla muerta a la boca… y le dio un MORDISCO en la panza.

Y se quedó ahí. Sin quitarme la mirada de encima. Masticando ruidosamente. Mascando la carne podrida.

Volvió a darle otro mordisco. Y siguió masticando. Se tragó el amasijo de carroña haciendo un ruido gutural.

—No está mal —dijo—. El truco está en no prestar atención al olor o al sabor.

Me extendió la ardilla. O lo que quedaba de ella. Piel y huesos. Se había comido casi toda la carne.

—¿Quieres probar un poco? Te he dejado la cabeza... ¡es lo mejor!

Me llevé las manos al estómago. "Ummmpf". Sentí una arcada. No sé cómo, pero logré apartar aquello de mi vista.

—Creo que voy a vomitar —susurré.

—No hay tiempo para eso, mi pequeño Robby —dijo y lanzó la ardilla al bosque—. Te vienes conmigo.

—¿Pero qué estás diciendo? —dije sin salir de mi asombro. Tenía el estómago totalmente revuelto.

—Has perdido la prueba de valentía. ¡Pero te vienes conmigo! —exclamó—. Vas a ayudarme a destruir a mi enemigo, la Furia Morada.

—Ahora sé que estás absolutamente loco —exclamé—. ¡La Furia Morada es el villano más terrible de la historia de los villanos! ¡Un solo grito suyo puede matarte!

—¿Y? —dijo él—. Cuéntame algo que no sepa.

—Pero bueno, ¿para qué me quieres a mí? —pregunté.

—Ya lo verás —dijo, y me agarró del brazo y me dio la vuelta. Me apretó los hombros con sus enormes manazas y empezó a empujarme.

—¡No! ¡Suéltame! ¡Suéltame! —grité—. ¡Déjame en paz! ¡Socorro!

Sam estaba leyendo mi última tira cómica en la pantalla de mi computadora.

—Me gusta este episodio —dijo—. Mira, Robby, en el momento en que te agarra el Dr. Maníaco pareces una gallina asustada.

—Es verdad —dijo nuestra amiga Brooke—. Te ves muy asustado, Robby. Cada vez dibujas mejor.

Era domingo por la tarde. Los tres estábamos en mi habitación, en el piso de arriba de mi casa. Yo, sentado frente al escritorio, presumía de mi último episodio del Dr. Maníaco.

Sí. Supongo que ya se habrán dado cuenta de que la aventura en el bosque no era real. Era otra historia que había inventado.

Brooke se echó el pelo hacia atrás. Lo lleva muy corto, con unos cuantos flequillos en la frente. Brooke es bajita y delgada. Aunque tiene once años, la misma edad que Sam, parece que está en primer grado.

Tiene los ojos azules, muy brillantes, y una naricita respingona. En la escuela la llaman "la Duende", lo cual no le agrada nada. Los tres somos amigos desde que yo tenía cuatro años y ellos tres.

—¿De dónde sacaste la idea de la Furia Morada? —preguntó Brooke.

—No sé —dije—. Supongo que estaba enojado cuando se me ocurrió. Me encantan los villanos. Por eso invento tantos.

Saqué mi libreta de bocetos y me puse a buscar mis primeros borradores de la Furia Morada. Siempre hago bocetos de mis personajes en lápices de colores. Y cuando los termino, los escaneo.

—¿Lo ven? —dije mostrándoles algunos de mis primeros borradores—. Al principio le hice las mejillas de color rojo intenso. Para que se viera lo enojado que estaba. Pero luego pensé que no bastaba con eso.

Pasé la página y les enseñé los dibujos siguientes. La Furia Morada ya aparecía con su traje y mostraba un puño.

—¿Ven? Va vestido todo de morado. Capa morada, leotardos morados. Siempre está enfurecido, por eso su cara tiene que ser roja. Y luego, cuando se enoja realmente, se le pone morada.

—¡Me gusta! —dijo Sam mientras me quitaba la libreta de las manos—. ¿Tienes algún boceto mío en esta libreta?

—¿Para qué voy a hacer un boceto tuyo? —dije, quitándole la libreta—. Ya sé cómo eres.

—Odio cómo me dibujas —dijo—. Parezco una tortuga.

—Pues crece un par de pulgadas —dije—, y te dibujaré como una tortuga alta.

A Brooke no le hizo ninguna gracia.

—Las personas bajitas también pueden ser superhéroes —dijo.

Volví a poner la libreta en el estante.

—Sí, claro —dije—. Voy a ponerte a ti en mi próxima tira cómica, Brooke. ¡La Ultraduende! Te dibujaré al lado de un hongo rojo con puntos blancos.

Pensé que aquello tenía mucha gracia, pero Brooke no se rió. Me agarró el pelo con las dos manos y tiró con fuerza.

Lancé un alarido de dolor.

—¡La Ultraduende derrota al Mutante del Planeta Pelo! —dijo Brooke alzando los brazos.

Traté de alisarme el pelo pero no pude. Se me quedó de punta.

—¿Qué tal la acampada? —preguntó Brooke—. Acaban de regresar, ¿no?

—Estuvo bien —dije—. Ya sabes. Muchos arbolitos y tal.

—¿Bien? ¿Estás loco? —dijo Sam. Se sentó delante de mi computadora portátil y empezó a teclear.

—¿Se puede saber qué haces?

—Mi computadora está dañada —dijo—. Brooke y yo queremos jugar Batalla de Ajedrez.

—Ah, claro —dije—. Está bien. Usa la mía y ya está, y si no pides permiso, no pasa nada.

—Gracias —dijo Sam sin apartar la mirada de la pantalla. Brooke sacó una silla y se sentó a su lado.

Apareció la primera imagen del juego. Luego empezó a sonar música de trompetas, y salieron flotando piezas de ajedrez con armas. ¡Sam y Brooke deben de ser los únicos niños de Estados Unidos que juegan a eso!

Yo bajé las escaleras corriendo. Vi a mamá y a papá plantando flores en las jardineras de la entrada. No hay duda de que les encanta estar afuera.

Pasé a la cocina y saqué una bolsa de nachos del armario. Agarré una lata de gaseosa del refrigerador y bajé a la sala de estar a ver si había una buena película en la televisión.

Cuando me disponía a acostarme en el sofá, oí un ruido en el piso de arriba.

Un ruido estrepitoso.

Y luego un grito de terror.

¡Era Brooke!

La lata se me cayó de la mano y salió rodando por la alfombra de la sala. Arrojé la bolsa de nachos al sofá... ¡y salí a toda prisa!

—¡Brooke! ¿Estás bien? —grité—. ¿Qué ha pasado?

Alguien había abierto la ventana de mi habitación de par en par. Las cortinas volaban hacia dentro.

Brooke estaba junto a la ventana con las manos sobre la cara. Tenía una terrible expresión de horror en la mirada.

—¿Qué ha pasado? —dije—. ¿Qué ha sido ese ruido?

—S-Sam... —dijo con dificultad apuntando hacia la ventana—. Robby... Sam... ¡ya no está!

Varios minutos después, mamá y papá estaban
frente a Brooke. Movían la cabeza con incredulidad.
Aún tenían las manos llenas de tierra. Papá tenía
una mancha negra en la frente.

—¡Les estoy diciendo la verdad! —gritó
Brooke—. ¿Creen que inventaría algo así?

Papá intentó calmarla.

—Cálmate —dijo—. Que todo el mundo se
tranquilice.

—¿Has llamado al 911? —preguntó mamá con
los brazos cruzados.

Me di cuenta de lo preocupadísima que estaba.
Le temblaba la barbilla.

—Sí. Ya vienen en camino —dijo papá.

Me senté en la cama al lado de Brooke, que no
quitaba la mirada de la ventana abierta. Me
resultaba imposible creer lo que nos había
contado.

Papá se secó la frente con una manga.

—Cuéntanoslo otra vez —dijo—. Empieza desde el principio. Haz un esfuerzo por recordar, Brooke. Dinos qué pasó.

—Ya les he contado lo que pasó —dijo Brooke con la voz temblorosa. Le costaba respirar.

—Pero... cómo vamos a creer... —empezó a decir mamá, pero Brooke la interrumpió.

—¡Lo juro! —dijo levantando la mano.

—Cuéntanoslo otra vez —repitió papá en voz baja.

Brooke respiró hondo. Luego empezó a hablar con voz temblorosa.

—Sam y yo estábamos jugando Batalla de Ajedrez en la computadora de Robby. Oímos un ruido en la ventana. Dimos la vuelta y vimos entrar al Dr. Maníaco en la habitación.

Mamá miró a Brooke con incredulidad. Estaba con los brazos cruzados. Tensa.

—¿El Dr. Maníaco? ¿El personaje de Robby? ¿Nos estás diciendo que un personaje de una tira cómica entró por la ventana?

—Sí —dijo Brooke, y tragó saliva—. Aterrizó justo delante de nosotros. Agarró a Sam y lo levantó de la silla. Yo... intenté salvarlo, pero todo sucedió muy rápido. El Dr. Maníaco lo arrastró por la habitación. ¡Y luego se fue volando por la ventana con él!

Brooke empezó a llorar. Todo el cuerpo le temblaba.

Papá se inclinó hacia ella y le dio una palmadita

para calmarla. Al quitarle la mano del brazo, le dejó una mancha de tierra en la manga.

—Ya, ya —susurró.

Mamá empezó a pasear de un lado a otro.

—Brooke, Robby inventó al Dr. Maníaco —dijo—. Es un personaje de una tira cómica. Sabes que no es real, ¿verdad?

Brooke soltó un sollozo. Se secó las mejillas con las manos.

—Ya sé que no me creen —dijo llorando—. Pero era real. Estaba aquí. Y se llevó a Sam con él.

—Pero Brooke, eso es imposible —dijo mamá—. No tengas miedo de decirnos lo que pasó realmente. ¡Dinos la verdad!

—¡Un momento! —grité sobresaltado. Había visto algo que me llamó la atención al pie de la ventana abierta.

Salté de la cama, crucé la habitación y recogí lo que había visto. Dos plumas. Dos plumas amarillas.

—¡Mamá! ¡Papá! —grité con las plumas en la mano—. El Dr. Maníaco tiene plumas en las botas.

Los dos se quedaron mirando las plumas. Brooke saltó de la cama, se acercó a mí y me las quitó.

—Se lo dije —susurró—. Se lo dije…

Mamá abrió la boca para decir algo, pero la interrumpieron unos golpes que venían de la puerta principal, en el piso de abajo.

—¡Policía! —se oyó—. ¡Policía! ¡Abran la puerta, por favor! ¡Hemos encontrado a su hijo!

—Ay, ¡menos mal! —gritó mamá.

—¡Lo han encontrado! —exclamó papá.

Los cuatro salimos corriendo hacia la puerta. Nos apuramos tanto que nos atascamos en el umbral al tratar de pasar todos al mismo tiempo.

Mis padres bajaron las escaleras casi volando. Brooke y yo los seguimos a poca distancia.

Llegué a la puerta en el momento en que papá la abrió.

Miré fijamente a los dos oficiales con uniforme. Estaban ahí plantados con un chico al que no había visto en la vida.

Mi mamá dio un grito. Se quedó mirando al pobre chico con desesperación. Era alto y atlético, de pelo negro y rizado, ojos verdes y la cara salpicada de pecas.

—¡No es Sam! —gritó.

—Ya se lo dije —dijo el chico con impaciencia—. Me llamo Jerome. ¿Por qué nunca les creen a los niños?

—¿No es su hijo? —dijo uno de los agentes.

Mis padres negaron con la cabeza.

—¿Dónde vives? —preguntó el otro policía.

—En Brentwood —respondió el chico—. Al lado de la vieja biblioteca. Se me pinchó la rueda de la bicicleta y tuve que volver a casa a pie. Ustedes me detuvieron de camino a mi casa.

—Lleva a Jerome a su casa —dijo el primer policía a su compañero—. Lo siento, hijo. —Entonces se dirigió a mis padres—: Soy el agente Rawls. Lamento mucho toda esta confusión. Entremos para aclarar qué ha sucedido.

Pasamos a la sala de estar. Nos sentamos al borde del sofá. El agente Rawls se reclinó sobre la cornisa de la chimenea y tomó notas en una pequeña libreta.

Cuando Brooke se disponía a relatar su historia por enésima vez, Taylor apareció por la puerta.

—Ya he vuelto de casa de Patsy —dijo, y vio al policía—. ¿Qué pasa?

—Sam ha desaparecido —respondió mamá—. Ven aquí. Siéntate conmigo. Brooke va a contarle al agente lo que ha pasado.

Nuestra amiga volvió a contarlo todo una vez más. El agente Rawls se había quitado la gorra. Se rascaba la cabeza rapada y no podía dejar de parpadear.

Taylor se acercó a Brooke.

—Sí, claro —dijo—. Confiesa ya que ha sido una broma tuya y de Sam.

Como ya dije antes, a toda la familia nos gusta gastar bromas. Excepto a mamá, por supuesto. Fue normal que Taylor reaccionara así.

—No es una broma —susurró Brooke y los ojos se le volvieron a inundar de lágrimas—. De verdad. No es broma.

Taylor se quedó pálida. Boquiabierta. Miró a Brooke fijamente.

El agente Rawls volvió a ponerse la gorra. Echó un vistazo a la libreta que tenía en la mano, y volvió a mirar a Brooke.

—Brooke, por favor, escúchame —dijo—. Quiero que hagas un verdadero esfuerzo y que pienses sobre esto. Ya ves lo afectada que está toda la familia. Quiero que pienses qué pasó en la habitación de Robby. Y luego quiero que nos lo cuentes una vez más.

Brooke suspiró con desesperación y empezó a contarlo todo otra vez.

Yo no podía parar de moverme. Empezaba a sentirme mal. Tenía el estómago revuelto. La ventana abierta y la sonrisa regordeta de Sam no se me iban de la cabeza.

¿Volvería a verlo alguna vez?

Oí voces en el cuarto de la televisión. La televisión estaba encendida. Había un programa de entrevistas que le gusta mucho a mamá. Lo presenta un tipo grande y pelirrojo. Red Martinson. Tiene el pelo tieso como un cepillo.

Detesto a Red Martinson. Se ríe de sus propios chistes. Se cree fabuloso. A mamá le hace gracia.

Agarré el control remoto para apagar la televisión.

—Entonces, dígame —dijo Martinson a su invitado—, ¿qué sensación tiene en estos momentos?

—¡No puede ser! —dije cuando vi al entrevistado.

¡Era la Furia Morada! ¡El invitado de Red Martinson era mi personaje! ¡La Furia Morada!

—¿Que cómo me siento en estos momentos? —replicó la Furia—. ¡Estoy enojado! ¿Quieres saber qué es lo que más me molesta? ¡Todo! ¡Estoy enojado con absolutamente todo!

La cara se le puso del mismo tono morado que su traje. Tenía los ojos rojos. Parecía que se le iban a salir de la cara.

—¡Estoy enojado! —exclamó dando un puñetazo en la mesa de Red Martinson.

—Muchos de nuestros espectadores no creen que seas real —dijo Martinson—. Haz algo... que demuestre que eres quien dices ser.

—¡Si hay algo que me haga hervir la sangre es eso! —gritó la Furia—. ¡Eso me irrita especialmente! Quiero decir, ¿cómo voy a estar aquí si no soy de verdad?

La cara se le oscureció aun más.

Me quedé boquiabierto mirando la pantalla. ¿La Furia? ¿De verdad?

"Mamá y papá tienen que ver esto", pensé.

Sin dudarlo ni un instante, me aparté de la televisión. Volví corriendo a la sala de estar. La pobre Brooke seguía contando su historia. El agente Rawls seguía tomando notas en su libreta.

—¡Apúrense! —dije—. ¡Al cuarto de la televisión! Ahí está mi otro personaje, la Furia Morada. ¡En carne y hueso!

Todos me siguieron hasta el cuarto de la televisión.

—¿Y qué planes tiene para el futuro? —preguntaba Martinson en ese momento.

—Me alegro que haga esa pregunta —respondió el invitado, un hombre de pelo blanco, vestido con un traje gris y una corbata roja.

Quedé boquiabierto. ¿Dónde estaba la Furia Morada?

—Es el congresista McCloo —dijo papá—. Robby, ¿para qué nos traes aquí? ¿Para ver al congresista McCloo?

Me temblaba todo el cuerpo. Miré la pantalla fijamente. ¿Cómo podría haber desaparecido así la Furia Morada?

—Robby —dijo mamá poniéndome la mano en el hombro—, ya sé que estás muy afectado y lo mucho que quieres a tu hermano, pero inventar historias sin sentido solo empeora las cosas.

—Pero… pero… pero… —alcancé a decir. La cabeza me daba vueltas. Me quedé sin habla.

El agente Rawls dijo que se tenía que marchar. Nos dijo a todos que no nos alejáramos demasiado y que enviaría a un equipo de investigación criminal a inspeccionar el lugar de los hechos y toda la casa. Prometió que volvería.

Mis padres fueron a la habitación de Taylor a consolarla.

Yo me llevé a Brooke a un lado.

—Nadie me cree —dijo.

—Tampoco me creen a mí —respondí—. Pero tengo muy claro que no estoy loco. La Furia

35

Morada estaba en la televisión. Lo he visto.

—A lo mejor estamos locos —dijo Brooke—. ¿Personajes de una tira cómica en la vida real?

—¿Vienes conmigo? —dije acercándome a la puerta.

—¿Adónde? —preguntó Brooke sin moverse de su sitio.

—A la estación de televisión —dije—. A lo mejor la Furia Morada sigue allí.

—¿Qué? ¿A la estación de televisión? ¿Sabes dónde está, Robby?

—Sí —respondí—. El año pasado fuimos con la escuela a un programa infantil. ¿No te acuerdas?

Al abrir la puerta entró un radiante haz de luz.

—¿Vienes o no? —insistí.

Brooke se mordió el labio inferior.

—De acuerdo —dijo por fin—. Vamos.

Tomamos el autobús al centro comercial Middle Meadows. La estación de televisión WSTR está en un enorme edificio de cristal verde, justo detrás del centro comercial.

Brooke y yo nos acercamos a la puerta de cristal de la entrada. Pulsé el timbre.

Sonó un zumbido y abrimos la puerta. Nos acercamos a la recepción.

Una mujer rubia con los labios pintados de anaranjado nos miraba desde atrás del mostrador. Llevaba un traje oscuro y una camisa blanquísima. En la solapa tenía un broche de una estrella de mar.

Por alguna razón que desconozco, WSTR es "la estación de la estrella de mar".

A medida que me iba acercando al mostrador, la garganta se me iba secando. Tenía las manos sudorosas y traté de alisarme el pelo para dar una imagen más madura.

—¿Podemos ver a Red Martinson? —pregunté.

La recepcionista me miró detenidamente. Luego observó a Brooke.

—¿Tienen una cita?

—No —dije—. Pero es muy importante.

—Queremos hacerle una pregunta —dijo Brooke.

—¿Son del periódico de la escuela? —preguntó la señora, dando golpecitos con el lápiz sobre la mesa.

—Esto... ¡sí! —improvisé, aprovechando la oportunidad—. Queremos entrevistar al Sr. Martinson para escribir un artículo.

—Bueno, para eso necesitan concertar una cita —respondió.

—Pero... —empecé a decir—, es que...

—¿Ha estado aquí la Furia Morada? —preguntó Brooke—. Queremos saber si la Furia Morada ha venido al programa.

La señora dejó de dar golpecitos con el lápiz. Tomó una lista y empezó a mirarla de arriba abajo.

—¿Es un chef? —preguntó—. Pueden preguntar por él en el programa de cocina.

—No lo va a comprender, pero no es un cocinero —dije—. Es un villano. Pensé que yo lo había inventado, pero lo he visto en televisión. Así que es posible que sea real. Y si es real...

—¿Tiene sentido lo que me estás contando? —preguntó ella—. A mí me parece que no.

Oí a alguien que bajaba por las escaleras metálicas que había detrás del mostrador.

—¡Oye! —grité al ver aparecer a Red Martinson.

Ya no iba vestido como en el programa. Llevaba *jeans* y un camiseta blanca y negra con una inscripción que decía CLEVELAND ROCKS. Seguía teniendo el pelo de punta, como si le saliera un abeto de la cabeza.

Saludó a la recepcionista y se acercó a la salida. Y entonces se detuvo de golpe y nos miró.

—¡Chico, me gusta tu pelo! —dijo entre risas—. ¿Es que me quieres copiar?

—Sí —dije sin pensarlo—. Es decir... no. Sr. Martinson, hemos venido a verlo.

—Lo siento —dijo—. Dejé las fotografías firmadas en el camerino. ¿Por qué no vienen otro día? Tengo un poco de prisa—. Abrió la puerta de la calle.

Brooke corrió tras él y lo agarró del brazo.

—¿Acaba de estar la Furia Morada en su programa? —preguntó.

Martinson asintió con la cabeza.

—Sí —dijo—. Al principio pensé que era un

farsante, pero luego demostró que era un auténtico villano, así que lo llevé al programa. ¿Qué les ha parecido la entrevista?

El corazón me latía con fuerza.

—¿Dónde está? —dije—. ¿Sigue aquí? ¿Adónde ha ido?

—Se marchó volando —dijo Martinson—, pero no sé a dónde. Subió a la azotea y despegó.

No esperé ni un instante. Me di la vuelta y salí corriendo. Dejé atrás a la confundida recepcionista, sujeté la barandilla de metal y empecé a correr por la escalera de caracol.

—¡Quietos ahí! —gritó ella—. ¡No sigan! ¡Por ahí no se puede subir!

Mis pisadas resonaban por los escalones de metal. Oí a Brooke correr detrás de mí.

¿Adónde llegaríamos? ¿Se podría ir a la azotea por esa escalera? ¿Seguiría allí arriba la Furia Morada?

—¡Quietos! —gritó la recepcionista desde abajo—. ¡Seguridad! ¡Por favor! ¡Seguridad! ¡Deténganlos!

10

Llegué al segundo piso y seguí subiendo. El último tramo de las escaleras era recto.

Detrás de nosotros se oían las pisadas de los hombres que nos perseguían.

—¡Quietos! —gritó un hombre—. ¡Seguridad! ¡Ni un paso más!

El eco de aquellas voces enojadas resonaba por el angosto pasillo.

Sentía como si el pecho me fuera a estallar. Me dolían las piernas. Pero seguí subiendo los escalones de dos en dos.

Llegamos al tercer piso. Y luego al cuarto.

Me detuve un momento a recuperar el aliento y miré hacia atrás.

—¿Brooke?

No. Ya no estaba. Venía justo detrás de mí. ¿La habría alcanzado uno de esos guardias de seguridad?

—¡Brooke! —grité—. ¡Brooooooooke! El eco de mi voz retumbó por las escaleras.

Nadie respondió.

Las piernas me pesaban como dos troncos. Me

dolía el pecho y el costado. Pero seguí subiendo.

—¡Quieto ahí!

—¡No tienes escapatoria! ¡No sigas!

Las voces se escuchaban cada vez más cerca.

Al llegar al final de las escaleras vi que al fondo había un portón ancho de color amarillo. Empujé el portón con el hombro, lo abrí y salí a la luz del día.

Caí de rodillas sobre el suelo de concreto de la azotea.

Deslumbrado por el sol, alcancé a ver algo morado.

Lo vi un instante. Una imagen fugaz de una capa morada.

—¡Espera! —grité con la voz afónica de tanto esfuerzo.

La Furia Morada. Tenía que ser él.

Me levanté rápidamente y corrí hasta el borde de la azotea.

—¡Espera! —grité con la voz un poco más clara.

Me acerqué al borde y me incliné hacia fuera para ver a la Furia Morada.

—¡Aaaah!

Me había inclinado... ¡demasiado!

Estaba asomado al abismo y en un instante sentí que el tejado se me iba de los pies... estaba cayendo.

Los edificios pasaban ante mí a toda velocidad. El viento, cada vez más intenso, me helaba la espalda.

Caía tan rápido que ni siquiera podía oír mi propio grito.

Caía... caía envuelto en un destello borroso, sin tiempo siquiera para prepararme a recibir el impacto que sin duda acabaría con mi vida.

Y entonces... *ZUMP.*

Sentí un fuerte golpe. Un dolor repentino me atravesó los brazos, el cuello y la espalda.

Mi cabeza rebotó hacia arriba. Y el cielo pareció envolverme como una manta celeste.

¿Celeste? No. Morada. Una manta morada que me agarraba con fuerza.

Y luego una cara enrojecida con una expresión seria. Amarga.

¿Cómo?

Tardé un instante en darme cuenta de que no había caído al suelo.

Seguía en el aire. Estaba suspendido en el aire. ¡Con la Furia Morada!

¡Sí! Me sostenía con un brazo por debajo de las piernas y el otro por debajo de los hombros. Me elevaba hacia el cielo.

Oía el chasquido de su capa azotada por el viento. Sus ojos negros estaban clavados en el horizonte y luego, mientras descendíamos, miraron hacia el suelo. Sus poderosos brazos me sujetaban contra su enorme pecho morado.

La Furia Morada había bajado en picada para rescatarme.

Aterrizamos suavemente en una acera. La capa ondeaba por detrás. Me puso en el suelo con cuidado.

Temblaba tanto que caí de rodillas. Sabía que tenía el pelo de punta. Tragué saliva una y otra vez tratando de recuperar el aliento.

La Furia me levantó y me puso las manos en los hombros. Podía sentir en los ojos el fuego de su ardiente mirada.

—¿Quieres saber qué me saca de mis casillas? —vociferó de tal manera que espantó a todas las palomas que había por la acera—. ¡Los niños que se caen de los edificios! ¡Eso me enfurece!

—L-lo siento —dije con dificultad.

—¿Acaso me estabas persiguiendo? —bramó.

—No —respondí medio ahogado por los latidos de mi propio corazón—. No exactamente.

Lo miré fijamente. ¿Estaba soñando?

Esto no era una tira cómica. Era la vida real. Pero ahí lo tenía. Ante mí. Sus guantes morados en mis hombros. Su mirada fiera clavada en mis ojos.

"Un personaje creado por mí", pensé.

—Necesito tu ayuda —dije finalmente—. Mi hermano Sam ha desaparecido. Creo que el Dr. Maníaco se lo ha llevado.

La Furia Morada echó la cabeza hacia atrás y lanzó un alarido ensordecedor. Sus ojos se pusieron rojos como el fuego y apretó los puños con fuerza.

—¿Mi enemigo declarado? —rugió—. ¿Estás diciendo que tu hermano se ha aliado con mi enemigo declarado?

—No, eso no es lo que he dicho —respondí.

Pero mis palabras desaparecieron en su terrible rugido.

—Escúchame —supliqué.

No me hizo caso. Se elevó, dio una vuelta y destruyó el escaparate de una tienda con la punta de su bota morada.

Me agaché para protegerme de los vidrios que caían por todas partes.

La Furia destruyó varios escaparates más. Luego se dirigió a mí con el pecho hinchado de ira.

—¿Cómo ha podido tu hermano aliarse con ese Maníaco? —gritó—. ¡Tenía entendido que el Dr. Maníaco se había aliado con Estrellita Escarlata!

—No lo sabía —dije dando un paso hacia atrás.

¿Estrellita Escarlata? La dibujé en mi primera

44

tira cómica. ¿También era real?

—¿Vas a ayudarme? —pregunté.

Y en buena hora. Mi pregunta lo enfureció aun más. La cara se le puso tan morada como su traje. Me agarró por la camiseta y me levantó en peso.

—El Dr. Maníaco te ha enviado a espiarme, ¡a que sí! —exclamó.

Su aliento me quemaba las cejas.

—¡No! ¡No! —respondí.

—¡Embustero! —gritó—. Me pregunto si podré lanzarte hasta la azotea de donde caíste.

—¡No! ¡Por favor!

Cerró bien el puño y me levantó sobre su cabeza.

—Por favor, sólo quiero que me ayudes —supliqué—. ¡No me arrojes! ¡No...!

Miré a mi alrededor. ¿No había nadie que me pudiera ayudar? La calle estaba desierta.

—¿Buscas a tu amigo el Dr. Maníaco para que te ayude? —gritó la Furia—. Lo siento, chico. ¡No llegará a tiempo para salvarte!

Echó el brazo hacia atrás... y me lanzó con todas sus fuerzas.

—¡Noooooo! —grité mientras subía disparado hacia el cielo.

Quise gritar pero no pude.

El viento me soplaba en la cara con tal fuerza que no podía respirar.

Volé derecho hacia arriba, agitando los brazos y las piernas.

Cerré los ojos… y me estrellé contra una fachada del edificio.

ZUMMMP.

Me quedé sin aliento y sentí un dolor intenso en el pecho. Traté de respirar mientras me precipitaba hacia una muerte segura.

Conté mentalmente. Uno… dos… tres…

Entonces sentí otro *ZUMP*. Abrí los ojos y vi al villano de ojos rojos mirándome fijamente.

La Furia Morada me había atrapado. Me había salvado por segunda vez.

Volaba sujetándome entre sus brazos como si fuera una hogaza de pan.

—¡He cambiado de opinión! —gritó—. Pero me alegra ver que mi viejo brazo sigue en forma. Creo que podría lanzarte hasta el pueblo más cercano.

—Ah… pero no vas a intentarlo… ¿verdad? —pregunté.

Bajó y volvió a ponerme en el suelo. Me incliné hacia delante, apoyé las manos en las rodillas y traté de recuperar la respiración.

Luego intenté alisarme el pelo con las dos manos, pero volvió a ponerse de punta. Estaba convencido de que después de tantas aventuras, el pelo me quedaría tieso para siempre.

—¿Significa eso que vas a ayudarme a buscar a mi hermano? —pregunté.

La Furia Morada asintió con la cabeza.

—Esa será mi misión inmediata —dijo—. No puedo dejarlo en manos de mi peor enemigo.

—¡Qué buen tipo! —dije.

—Claro que sí —dijo sacando pecho—. Y por si te interesa saberlo, si hay algo que realmente me enardece es que la gente me diga lo buen tipo que soy. ¡Porque ya lo sé!

Arrancó una farola y la dobló por la mitad.

—Perdón —susurré—. Todo esto es tan… raro.

—¿Raro? —dijo con el ceño fruncido.

—Sí —respondí—. ¿Sabías que yo te creé?

—¡Nooooo! —rugió la Furia—. ¡Embustero! ¡Nací de un grito del dios mitológico Thor!

Antes de que pudiera abrir la boca, me agarró y salimos volando.

Yo iba delante de él, soportando la fuerza del

viento. Oía su larga capa dando latigazos en el aire. Se elevó por encima de los autos y luego dejó abajo los edificios.

—¿Adónde vamos? —grité contra el viento—. ¿Qué haces?

Volábamos hacia la luz cegadora del Sol.

Traté de protegerme los ojos con una mano. Intentaba no mirar hacia abajo pero no podía evitarlo.

Allá abajo se veía un tren de mercancías surcando las Colinas del Norte. Parecía uno de esos trenes de juguete que la gente pone en el sótano. Los edificios parecían casas de muñecas.

—¡Por favor! —supliqué.

¿Por qué estaba tan enojado? ¿Qué le había dicho para que se pusiera de tan mal humor?

¡Recordé entonces que la Furia Morada siempre estaba enojado!

Cuando llegamos a las afueras de la ciudad, empezó a descender. Vi aparecer entre las copas de los abetos una extraña edificación.

Era un edificio de piedra redondo, en forma de iglú. No tenía ventanas. Tan solo una pequeña puerta.

Aquella extraña casa estaba totalmente rodeada de árboles. ¿Sería una fortaleza oculta?

Yo no había creado ninguna fortaleza para él. De hecho no había creado nada de esto. Estaba sucediendo sin mí. Fuera de mi control.

Fuimos descendiendo. Cuando la Furia Morada

se disponía a entrar a toda mecha, agaché la cabeza. El interior era como una enorme y oscura cueva. Bajamos más… y más… El aire estaba cargado y húmedo.

Parpadeé con la visión nublada por la oscuridad.

Me dejó en el suelo. Al voltearme, vi su capa bajando tras él. Se echó el pelo hacia atrás con sus manos enguantadas. Luego se quitó los guantes y los arrojó contra la pared.

—¿Quieres saber qué es lo que me funde los fusibles? —gritó—. Tener hojas secas en la cabeza. ¿Cómo voy a volar con hojas secas sobre mi peinado perfecto?

—Ni idea —susurré—. ¿Dónde estamos?

No respondió. Se acercó a la pared y empezó a encender luces.

Miré a mi alrededor. Estábamos en una enorme caverna subterránea. Las paredes eran de piedra maciza.

Todo estaba lleno de cámaras, focos y demás equipos de televisión. Había una mesa llena de computadoras. Y dos cámaras al lado de una vara vertical de la que colgaba un micrófono.

—Esto es una especie de estudio de televisión, ¿no?

La Furia seguía sin contestar. Estaba ocupado manipulando sus computadoras. Escribía frenéticamente en un teclado y luego pasaba al siguiente.

Giró una de las cámaras de televisión hacia una especie de acuario de cristal que había junto a la pared.

Vi moverse algo entre aquellas paredes de cristal. Me acerqué y miré a través del vidrio. Docenas de criaturas espinosas se amontonaban entre sí.

—¿Qué es eso? —pregunté señalando con el dedo.

—Escorpiones —respondió la Furia Morada.

—¿Tienes un acuario lleno de escorpiones? —pregunté con incredulidad—. Pero, ¿qué vas a hacer con ellos?

—Ya verás —susurró mientras orientaba los focos hacia el acuario.

Me quedé mirando a aquellas repugnantes criaturas que correteaban y se amenazaban unas a otras con sus pinzas.

—Parecen tener hambre —dije.

Una desagradable y escalofriante mirada se dibujó en su rostro.

—En seguida les voy a dar de comer —dijo.

—¿Y qué les vas a dar? —pregunté.

—A ti —respondió.

—Pero… pero —balbuceé—. Dijiste que me ibas a ayudar a encontrar a Sam.

Giró unas ruedas en un gran panel de control. Se empezó a oír el murmullo de las máquinas y se encendieron unas lucecitas intermitentes.

—Pienso cumplir mi promesa —dijo mientras volteaba hacia mí—. ¿Sabes qué me hace estallar las neuronas?

—No, ¿qué? —dije sin quitar la mirada de los escorpiones.

—¡La gente que pone en duda mis promesas! —gritó.

Cerró el puño y dio tal golpe a la pared que esta se resquebrajó de arriba abajo.

Se sacudió las manos, se acercó a mí, me agarró y me puso delante de la cámara de televisión.

—Quédate ahí de pie, muchacho —dijo—. No te muevas.

—Claro —susurré—. ¿Qué vas a hacer?

—Voy a interrumpir todos los canales de

televisión y sitios de Internet de la ciudad —dijo mientras oprimía botones en una de las computadoras—. Todo el mundo tendrá el placer de conocer al villano más apuesto del mundo, ¡yo!

No dije nada. No quería que volviera a golpear la pared. Pero no podía dejar de preguntarme si realmente estaba dispuesto a ayudarme a encontrar a Sam.

Se puso detrás de la cámara y subió el objetivo varias pulgadas. Luego se ubicó frente a la cámara. Sacó pecho, se echó la capa hacia atrás y se aclaró la garganta.

—¡Hola a todos! ¡Soy la Furia Morada! —dijo, y me señaló con la mano—. Y él es... —Se quedó mirando a la cámara y finalmente me preguntó—: ¿Cómo te llamas, niño?

—Robby Schwartz —dije.

—¿No serás hijo de Bucky Swartz, el dueño de la lavandería de la calle Spring? —dijo—. ¿La última vez que le llevé mis leotardos me los devolvió encogidos?

—No, mi papá se llama Norman Schwartz —dije—. Es abogado.

La Furia volvió a mirar a la cámara.

—Siento interrumpirlos —dijo—. Pero quiero que todo el mundo vea cómo dejo caer a Robby en un acuario lleno de escorpiones.

—¿Eh? —suspiré—. ¿Ese es tu plan para ayudarme?

Acercó la cara a la lente de la cámara.

—¡Que esto sirva de advertencia para el Dr. Maníaco! —exclamó—. ¡Y para cualquiera que ose desafiarme a mí, la Furia Morada!

Y, sin más, me agarró por debajo de los brazos y me alzó.

—¡Eh! ¡Eh! ¡Un momento! —grité—. ¿Qué hay de tu promesa? ¿Este es tu plan para ayudarme a encontrar a mi hermano?

—Por supuesto —dijo—. Cuando tu hermano vea que estás a punto de morir acribillado por picotazos de escorpión, ¿no crees que intentará escapar del Dr. Maníaco para ayudarte?

—¡Pero qué dices! ¡Seguro que hay un plan mejor! —grité.

La Furia Morada no dijo nada. Me alzó sobre su cabeza… y me arrojó al acuario de cristal.

Caí sentado, aplastando a no sé cuantos escorpiones.

Fui a levantarme pero vi a un puñado de escorpiones con caparazones brillantes trepando por mis piernas. Esas criaturas parecían incapaces de estarse quietas. Se sentían calientes y secas, y me pinchaban la piel con sus finas patas.

Traté de levantarme, pero me resbalé sobre sus pequeños cuerpos acorazados.

Noté un escorpión en mi cintura y di un grito. Intenté quitármelo de una palmada pero caí de nuevo. Esta vez de espaldas.

En un instante, los escorpiones me cubrieron todo el cuerpo. Sus pequeñas armaduras chocaban entre sí, produciendo un sonido metálico. Los veía desafiantes, con sus pinzas alzadas al aire.

—¡Ayuda! —dije.

Entonces me vinieron a la cabeza tres palabras que me produjeron un intenso escalofrío: ¡los escorpiones pican!.

Así es. El veneno de una sola picadura podría matar a cualquiera.

Hasta ahora solamente habían trepado sobre mí. Tenía el cuerpo cubierto de escorpiones que correteaban abriendo y cerrando sus pinzas amenazadoramente.

¡Una picadura! Con una...

Me quité un escorpión del pecho con mucho cuidado y me agaché lentamente hasta ponerme de rodillas. Puse las manos en el cristal y empujé.

Al otro lado veía a la Furia Morada. Estaba de pie ante la cámara. Hablaba y hablaba, dándose manotazos en el pecho.

—¡Sácame de aquí! —grité, pero mi voz rebotaba en el cristal. No parecía oírme. O importarle.

"Tendría que haber creado a algún héroe —pensé—. ¿Por qué creé solamente villanos?"

Me quité un escorpión de debajo de la camiseta. Me había pellizcado la piel con sus pinzas. Todo lo que oía a mi alrededor eran pinzas que no dejaban de abrirse y cerrarse: *clac, clac, clac.*

Una sola picadura y caería muerto.

Me di cuenta de que por más que Sam lograra ver esto desde algún lugar o pudiera escapar de las garras del Dr. Maníaco para rescatarme... llegaría muy tarde.

Sabía que debía escapar de este acuario. Estaba claro que la Furia Morada no me iba a ayudar. Tenía que escapar por mi cuenta.

¿Pero cómo?

Golpeé el cristal con los puños.

No. Era imposible romperlo con las manos.

¿Y si lo intentaba bajando el hombro y embistiendo contra el vidrio?

Imposible. No podía tomar impulso porque estaba hundido hasta las rodillas en escorpiones.

También pensé en tumbarme de espaldas y golpear el cristal con las plantas de los pies. Pero no tenía fuerza suficiente para romperlo.

Sentía los escorpiones trepándome por la cintura. Uno de ellos extendió una pinza y me lanzó un aguijonazo al cuello. ¡Falló por poquito!

¿Cómo podría escapar de allí? ¿Cómo?

De pronto tuve una idea.

Una idea frenética y desesperada. Mi única oportunidad.

Aparté de un manotazo a un escorpión que se disponía a picarme. Me puse de cuclillas lentamente y salté con todas mis fuerzas extendiendo los brazos hacia arriba. Me agarré del borde superior del acuario.

La pared de vidrio debía medir unos dos metros. Saltarla sería imposible.

Pero sí pude asomar la cabeza. Y al hacerlo le grité a la Furia Morada:

—¡Oye, imbécil! ¡Tú, blandengue! ¡Sonso!

Siguió hablando a la cámara y dándose golpes en el pecho.

—¡Oye, tonto narizón! —grité—. ¡Puerco apestoso!

Eso captó su atención.

—¿Qué has dicho? —dijo.

—¡Eres un bebé inofensivo! ¡Un gusano! —grité—. ¡No le llegas al tobillo al gran Dr. Maníaco!

Se acercó hasta el acuario con los ojos inyectados

de sangre y la cara morada.

—¿Sabes qué tortura mi paciencia? —dijo haciendo retumbar el vidrio—. ¡Tú! ¿Cómo te atreves?

—¡Das pena! —grité, sosteniéndome con todas mis fuerzas—. ¡Eres una escoria! ¡Eres un cadáver!

Me miró boquiabierto. Resopló por la nariz y castañeó los dientes.

¡Pensé que la cabeza le iba a estallar!

—¡Prepárate para recibir mi aliento de furia! —dijo, y tomó una bocanada de aire y soltó un viento huracanado contra el acuario.

El cristal estalló en mil pedazos, que salieron volando como puñales.

La fuerza de su aliento me hizo dar un bote hacia atrás. Salí disparado y caí al suelo. Tardé unos segundos en recuperar el equilibrio.

Me levanté con dificultad. Mi plan de escape había funcionado. Pero ahora, ¡tenía que huir de verdad!

La Furia Morada se abalanzó hacia mí gruñendo como un perro.

Sin pensarlo dos veces, agarré dos escorpiones, se los arrojé gritando de miedo o de rabia... ¡y salí corriendo!

La Furia Morada rugió. Sentí el fuego de su aliento en la nuca. Me impulsó hacia una puerta que daba a un pasillo subterráneo.

Las dos paredes del pasillo estaban cubiertas de

fotos suyas. Mientras corría, veía su rostro mirándome.

Sus pasos sonaban cada vez más cerca.

—¡Esto sí que me pone los pelos de punta! —gritó—. ¡Ven aquí, niño! ¡Quiero ayudarte!

"¿Ayudarme? —pensé—. ¿Echándome a los escorpiones?"

Llegué a la puerta que estaba al final del pasillo. Giré el picaporte y la abrí.

Conducía a un vestidor amplio. Entré corriendo y vi armarios a ambos lados. En su interior colgaban decenas de leotardos morados y trajes de la Furia Morada. Otro armario más pequeño, al fondo del vestidor, estaba repleto de botas púrpura.

Oía a la Furia Morada, que daba alaridos y se precipitaba hacia mí.

Vi otro pasillo. Corrí hacia él. Al final había una puerta oscura de madera.

Abrí la puerta sin pensarlo dos veces y... pasé.

Pero pisé el vacío. No había nada bajo mis pies. ¡No había suelo!

—¡Aaaaah! —grité aterrado. Caía como un plomo.

Me precipitaba sin freno hacia una profunda oscuridad.

Y aterricé con un sonoro golpe.

Me hundí en un agua helada. Aguanté la respiración mientras me sumergía.

Era una alcantarilla. No tardé en darme cuenta

de que había caído en la galería de un profundo alcantarillado que fluía con furia por el subsuelo.

El agua era densa y grumosa. Como una sopa de arvejas fría.

Yo movía las piernas y los brazos tratando de mantenerme a flote. Sentía que las manos se me enredaban con basura podrida. Olía a vómito putrefacto y empezaba a ahogarme en aquella corriente furiosa y pestilente.

Traté de agarrarme a la pared de la alcantarilla con las dos manos. Pero la corriente me arrastraba a su antojo.

Me preguntaba si eso que tenía a mi lado era una rata. No. Era la cabeza nada más.

Tenía el estómago revuelto.

Me vi arrastrado hacia la oscuridad. Me estampé contra una pared. Reboté y traté de alejarme, pero volví a estamparme.

Aquella agua pútrida y asquerosa me salpicaba la cara. Y empecé a hundirme. Trataba de mantenerme en la superficie, pero el pánico y el frío me paralizaban. Ya no podía pensar. Ni moverme. Sentía que me palpitaba el pecho. No podía respirar… me ahogaba.

"Me hundo —pensé—. Me hundo en este pútrido río de porquería".

16

En un último esfuerzo pataleé y ascendí a la superficie escupiendo y jadeando.

Me quité el barro de los ojos y vi que me acercaba a algo. Estaba pegado a la pared de la alcantarilla. ¿Una escalera?

Sí. Una escalera. Podía verla resplandecer bajo un amarillento haz de luz solar.

Una salida.

Aguanté la respiración mientras la corriente me acercaba. Hice un intento desesperado por agarrarla, pero fallé.

Volví a intentarlo… y logré agarrar el segundo escalón con una mano. Y luego con la otra. Tiré con fuerza y empecé a salir del agua.

—¡Sí! ¡Sí! —grité con una voz débil y afónica.

Las suelas de los tenis apenas se sostenían en los peldaños. Pero tenía las manos aferradas a los barrotes. Con gran esfuerzo empecé a subir, peldaño a peldaño.

Parecía que no iba a llegar nunca. ¡El cuerpo me

pesaba una tonelada!

Llegué, al fin, hasta arriba. Abrí una compuerta y salí a la calle. Me incliné, puse las manos en las rodillas y me detuve a recuperar el aliento.

Estaba chorreando y tenía la camiseta pegada a la piel. Olía como si cien zorrillos me hubieran orinado encima. Me froté la cara y me aparté el pelo de la frente. Miré a mi alrededor. Había un letrero de una calle que decía CALLE WAYNE.

—¡Eso! —grité. Estaba a varias cuadras de mi casa.

No me quedaban fuerzas para correr. Caminé por algunos jardines hasta que llegué a casa.

"Lo más seguro es que Brooke haya logrado escapar de los guardias de seguridad —pensé mientras avanzaba por el camino asfaltado del garaje—. A estas alturas estará en casa sana y salva".

Abrí la puerta y nada más entrar me di de bruces con mamá. Me miró sorprendida, con los ojos muy abiertos.

—¡Robby! —gritó—. ¿Dónde te habías metido?

Me miró de arriba abajo y se llevó las manos a las mejillas.

—¡Dios mío! ¿Has estado nadando?

—No —respondí con la voz áspera—. Es una larga historia. Brooke y yo…

—¡Robby, qué mal hueles! —me interrumpió—. ¿Por qué te marchaste corriendo? ¿Se puede saber

62

qué has estado haciendo?

Estaba dispuesto a contárselo todo, pero no me dejaba.

Me agarró del pelo y me metió en casa.

—Sube ahora mismo —dijo—. Y date una ducha. No. Dos duchas. ¡Apestas! No he olido nada tan asqueroso en mi vida.

—Te lo puedo explicar —dije—. Mamá, hoy me ha pasado algo verdaderamente raro.

—Ahora no —dijo—. Primero ve y dúchate. No puedo creer que te hayas largado mientras tu hermano Sam anda desaparecido.

—Es que…

Sonó el teléfono.

Mamá corrió al otro lado de la sala para responder. Empezó a hablar muy bajito. Al cabo de unos segundos, la vi ponerse pálida.

—Mamá, ¿qué pasa? —dije acercándome a ella—. ¿Ha sucedido algo?

—No lo puedo creer —dijo cuando colgó el teléfono.

—¿Qué? —respondí—. ¿Qué ha pasado?

—Era la madre de Brooke —dijo—. Brooke también ha desaparecido.

17

Me quedé un buen rato en la ducha. Me enjaboné una y otra vez. Llegué a pensar que no podría quitarme la peste de encima.

La ducha me dio tiempo de pensar en Brooke.

Había ido conmigo a la estación de televisión. Me siguió por las escaleras que conducían a la azotea. Pero no llegó hasta arriba.

¿La habrían atrapado los tipos de seguridad? En caso de que así fuera, no era lógico que la retuvieran mucho tiempo.

Entonces, ¿dónde estaba?

"¿Y si vuelvo a la estación a buscarla?", pensé.

Me sequé. Me olí un brazo. Ya no quedaba ni rastro de la peste.

Sin dejar de pensar en Sam y en Brooke, fui a mi habitación y empecé a ponerme una camiseta y unos *jeans* limpios.

¿Se habría llevado la Furia Morada a Brooke?

No. Imposible. Ella no subió a la azotea. La Furia ni siquiera sabe que Brooke existe.

Me sacudí el pelo mojado con las manos. Al pasar junto a mi computadora portátil miré la pantalla.

¿Y eso? ¡Era la primera vez que lo veía!

Me incliné sobre la mesa y miré la pantalla fijamente.

—¡Ah! —exclamé.

Tenía ante mí una tira cómica dibujada con colores intensos. Reconocí al personaje.

El Dr. Maníaco.

Era mi estilo. Pero la tira cómica era nueva.

—¿Pero qué es esto? —dije cuando comencé a leerla—. ¿De dónde han salido estos dibujos? ¡No son míos!

En la tira aparecía el Dr. Maníaco en medio de una calle. Tenía un puño levantado y su capa de piel de leopardo le cubría los hombros.

—¡Voy a raptar a todos los niños de la ciudad! —fanfarroneaba en el texto escrito sobre su cabeza—. A todos los niños de la ciudad, uno por uno. ¡Y los voy a obligar a patinar sobre hielo veinticuatro horas al día! ¡Será el mayor espectáculo sobre hielo de la historia!

En la siguiente viñeta el Dr. Maníaco aparecía con una sonrisa malévola.

—¿Tienen idea de cuánto dinero ganaré con esto? —preguntaba.

—¡Estás loco! —decía el personaje que tenía al lado.

—Loco no, ¡maníaco! —respondía el malvado villano—. Y mi gigantesco espectáculo sobre hielo... de canciones... y patinaje... ¡va a convertirme en el maníaco más rico del mundo!

En la siguiente viñeta el Dr. Maníaco gritaba:

—¡Lo llamaré MANÍACO SOBRE HIELO! ¡Qué maravilla! ¡Amo el mundo del espectáculo! ¡Ja ja ja ja ja ja!

Luego arrastraba a dos niños al centro de la viñeta. Me acerqué un poco más a la pantalla de mi computadora y me llevé tal susto que di un grito.

—¡Sam y Brooke!

El Dr. Maníaco los sujetaba a ambos del brazo y después despegaba. Los llevaba por los aires hacia un enorme edificio de ladrillo a las afueras de la ciudad.

El edificio me resultaba familiar. Sabía que lo había visto antes.

En un letrero en una pared se podía leer: PISCINA PÚBLICA. PELIGRO. EL SOCORRISTA NO ESTÁ.

Seguí leyendo con el pulso acelerado.

El Dr. Maníaco llevó a Sam y a Brooke a la piscina cubierta y los puso a un lado. No había nadie más. Me quedé mirando la piscina fijamente. El agua estaba congelada. Era un bloque de hielo macizo, una pista de patinaje.

El Dr. Maníaco les entregó unos patines.

—Átenlos bien —ordenó—. Quiero que empiecen a patinar de un extremo al otro.

—¿Durante cuánto tiempo? —preguntó Sam.

—¡Será un durante duradero! —exclamó el villano. Luego echó la cabeza hacia atrás y soltó una carcajada de hiena.

—¡No tiene sentido! —gritó Brooke—. ¡Estás loco!

—¡Más loco que un mono en una fábrica de albóndigas! —gritó—. ¡Ja ja ja ja ja! ¡Tengo millones de ellos!

Sam y Brooke se ataron los cordones de los patines. No les quedaba otra alternativa. El Dr. Maníaco los empujó al hielo y volvió a sonreír.

—Esto los mantendrá ocupados —dijo—. ¡Veinticuatro horas al día! ¡Al público le encanta el patinaje! ¡Y traeré a todos los niños de la ciudad a nuestra compañía de patinaje! ¡Qué espectáculo! ¡Ja ja ja ja ja ja!

Sam y Brooke patinaban de un lado a otro de la piscina. Se miraban de reojo con una expresión de terror en el rostro.

Traté de leer hacia abajo pero la tira cómica terminaba allí.

Me quedé un buen rato ante la pantalla. La cabeza me daba vueltas. Lo que acababa de ver era simplemente increíble.

¿Cómo podía existir una historieta del Dr. Maníaco que yo jamás hubiera dibujado?

¿Era posible que mis personajes hubieran cobrado vida? Lo que estaba claro era que Sam y Brooke habían desaparecido. ¿Qué era real y qué formaba parte de la tira?

Sentí un mareo repentino. Me resultaba imposible descifrar todo esto. Empecé a sentir dolor de cabeza y corrí hacia la escaleras.

—¡Mamá! —grité—. ¡Sube! ¡Corre! ¡Quiero enseñarte algo!

Al cabo de varios segundos vi subir a mamá. La seguía el policía que interrogó a Brooke, el agente Rawls.

Al llegar arriba me miró con frialdad.

—Robby, temo que te has metido en un buen lío —dijo sin levantar la voz.

Quiso añadir algo, pero Rawls se lo impidió alzando la mano.

—Tu hermano y tu amiga han desaparecido —dijo él, y acercó su cara a la mía—. ¿Por qué huiste de tu casa esta tarde? Creo que sabes más de lo que nos estás contando. Será mejor que empieces a hablar. Ya.

Di un paso hacia atrás.

—No huí —dije—. Yo...

—Robby, tienes que contarnos todo lo que sepas —interrumpió mamá—. ¿Sabes dónde están Sam y Brooke? ¿Lo sabes?

—Está todo en una tira cómica —dije.

—Muchacho, no es momento de hablar de tiras cómicas —dijo el agente Rawls—. Habla.

—Vengan a ver esto —dije, y me aparté de ellos y corrí hacia mi habitación—. Esto lo explicará todo. Es una tira cómica que no he dibujado yo. Simplemente apareció en mi computadora ¡Miren!

El agente y mi mamá miraron fijamente a la pantalla, que estaba en blanco. Totalmente en blanco.

El corazón me empezó a latir con fuerza.

—Estaba aquí hace un segundo —dije inclinándome hacia el teclado y buscando la tira cómica.

Nada.

Seguía en blanco.

El agente Rawls me puso la mano en el hombro.

—Ya está bien de tiras cómicas —dijo—. ¿Nos vas a contar qué es lo que está pasando?

—No lo sé —dije con torpeza—. De verdad.

—¿Tienes alguna idea de dónde podrían estar los dos niños desaparecidos? —preguntó el agente Rawls.

—Escuchen. En la tira cómica el Dr. Maníaco se los llevó a una piscina abandonada que hay al otro lado de la ciudad —dije—. Ha congelado la piscina para usarla como pista de patinaje. Pretende raptar a todos los niños de la ciudad y obligarlos a patinar en su espectáculo sobre hielo.

El agente Rawls dio un largo y profundo suspiro.

—Esto no es una tira cómica —gruñó—. Y estás empezando a irritarme. ¿Crees que esto es una broma o qué?

Sin esperar mi respuesta, el policía se dio media vuelta y se dirigió a las escaleras. Mamá me miró con un gesto de preocupación. Luego siguió a Rawls hasta la puerta.

Los oí discutir desde mi habitación.

—Señora, su hijo es un demente —dijo Rawls—. Creo que las tiras cómicas le han reblandecido el cerebro.

Oí un portazo. Desde la ventana de mi habitación

vi al policía atravesar el jardín. Se subió a su patrulla y se alejó a toda velocidad.

"¿Seré un demente? —pensé—. Me parece que no".

Esperé a que mamá y papá se marcharan. Luego salí de la casa.

El sol del atardecer empezaba a ocultarse por detrás de los árboles. Me dejé acariciar por la brisa fresca de camino a la parada del autobús.

Sabía muy bien dónde estaba esa piscina cubierta. Allí fue donde me enseñaron a nadar cuando estaba en preescolar. El agente Rawls no me creyó. Así que tenía que ir a comprobarlo yo mismo.

¿Me habría dicho la verdad la tira cómica?

Mi parada estaba a casi media hora. Tiempo de sobra para trazar mi plan demencial. ¿Estaba realmente siguiendo la pista de un personaje creado por mí? ¿Me llevaría esa pista hasta Sam y Brooke?

Me bajé del autobús en un barrio de viviendas destartaladas y tiendas abandonadas. No tardé en encontrar el viejo edificio de ladrillos que albergaba la piscina.

Me acerqué a la puerta principal y me detuve un momento. ¿Y si el Dr. Maníaco estaba dentro? Pensé que sería mucho mejor entrar por la puerta trasera. Recordé que había otra entrada por atrás que daba directamente a la piscina.

Al doblar la esquina vi un perro grande que olisqueaba la basura. Seguí caminando hasta un callejón que había en la fachada opuesta del edificio.

La edificación bloqueaba la luz del sol. Atravesé a tientas la callejuela hasta llegar a la puerta. Agarré el picaporte y empujé hacia abajo. Se abrió con sorprendente facilidad, y un haz de luz se proyectó en el callejón.

Abrí más la puerta y me asomé.

La luz intensa reflejada en el hielo me deslumbró. Era la piscina congelada. Como en la tira cómica.

Abrí la puerta un poco más. Luego respiré hondo y me deslicé hacia el interior.

Nada más entrar sentí un golpe de aire gélido. La vista aún no se me había adaptado a aquella luz intensa. Las paredes de baldosas amarillas resplandecían como el sol.

Miré hacia la enorme pista de hielo.

—¡Hola! —exclamé al ver a los dos chicos.

Sí, un chico y una chica patinando juntos, ligeramente inclinados hacia adelante. Ahora los veía claramente, alejándose sobre el hielo.

Salté a la pista y empecé a perseguirlos.

—¡Hola! —grité de nuevo—. ¡Sam! ¡Brooke! ¡Soy yo!

No se voltearon.

De pronto vi aparecer ante mí, sobre el hielo, al Dr. Maníaco. ¡Qué susto! En persona era más bajito que en los dibujos. Y su traje dejaba ver una barriga regordeta.

Traté de frenar, pero me deslicé sobre el hielo.

—¡Noooo! —grité perdiendo el equilibrio. Me precipité contra la helada superficie con las manos, los codos y las rodillas.

Antes de que pudiera levantarme, cayó sobre mí una pesada red que me tumbó al suelo. La boca se me llenó de escarcha.

Traté de incorporarme, pero cuanto más me movía, más me enredaba.

El Dr. Maníaco me miró con su sádica sonrisa.

—¡Bienvenido a nuestro espectáculo, Robby! —exclamó—. ¡Cuantos más seamos, tanto mejor!

—¡Suéltame! —grité—. ¡Y a ellos también!

Al levantar la mirada vi a Brooke y a Sam patinando hacia mí.

¿Eh? Un momento. ¿Sam? ¿Brooke?

No. Jamás había visto a esos muchachos.

Tiré de la red con las dos manos y me senté sobre el hielo. Vi aparecer detrás de los niños a una joven que se deslizaba hacia nosotros. Era pelirroja y tenía los ojos de un azul intenso.

Llevaba una máscara de color rojo vivo, una faldita corta sobre unos leotardos rojos y una camiseta roja. Una capa, también roja, le caía hasta sus rojísimas botas.

—¡Estrellita Escarlata! —gritó el Dr. Maníaco—. ¡Me alegro de que puedas unirte a nosotros!

—¿Y los focos? —preguntó Estrellita Escarlata—. ¿Y las cámaras? ¿Y mis fans incondicionales?

—No quiero empezar aún —dijo el Dr. Maníaco—. No hasta que tenga la pista llena de niños.

Estrellita Escarlata se echó su larga melena pelirroja hacia atrás.

—Pero necesito mucha atención —dijo—. No lo olvides, soy la Estrellita Escarlata.

—Descuida —dijo el Dr. Maníaco—. En cuanto empiece nuestro espectáculo de veinticuatro horas, recibirás… ¡mucha atención! Más atención que un hámster en una fábrica de enciclopedias. ¡Ja ja ja ja ja!

No le encontraba ningún sentido a esas palabras. Pero a Estrellita Escarlata la hicieron sonreír, y chocó la mano con el Dr. Maníaco. Sus largas uñas también eran de un rojo intenso.

Bajó la mirada hacia mí sin dejar de sonreír.

—Maníaco —dijo—. ¡Veo que tenemos otro patinador!

—Doctor Maníaco, por favor —respondió—. Tengo un título universitario en Estudios Maniáticos.

—Dime —dijo ella—, ¿quién es nuestro nuevo patinador?

—¡No pienso patinar! —grité tirando de la red con todas mis fuerzas—. ¡Sáquenme de aquí! ¡No se van a salir con la suya!

El Dr. Maníaco y Estrellita Escarlata soltaron una carcajada.

—¡Qué gracioso! —dijo ella.

—¿Qué han hecho con mi hermano? —dije—.

¿Dónde está mi amiga Brooke?

A Estrellita Escarlata se le borró la sonrisa del rostro. Se inclinó hacia mí. Detrás de su máscara vi su mirada aterradora.

—Olvídate de ellos —dijo—. No los verás nunca más.

"¿No volveré a verlos más?"

Esas palabras me hicieron sentir un escalofrío.

—No comprendo —dije—. ¿Dónde están? ¿Qué han hecho con ellos?

Los dos villanos se quedaron callados. Levantaron la red por ambos extremos y, de pronto, me vi libre.

Me puse de pie a gatas y traté de salir corriendo. Tenía que alejarme de ellos. Tenía que conseguir ayuda. Quizá ahora el agente Rawls estaría dispuesto a creerme.

Di cuatro o cinco zancadas. Pero de pronto me vi con los pies en el aire. Y volví a caer de cara contra el hielo.

El Dr. Maníaco se apresuró a levantarme y me sacudió el hielo de la camiseta.

—No te preocupes, tengo patines de tu talla —dijo—. En seguida podrás participar en el espectáculo.

Sacó un par de patines de una caja y me los dio.

Y ahora ponte a patinar veinticuatro horas. No tardarás en acostumbrarte. ¡Y te pondrás en forma!

—No pienso patinar —dije—. No lo haré hasta que no me digan dónde están Sam y Brooke.

El Dr. Maníaco me miró con los ojos inyectados de odio.

—Si no patinas te haré cosquillas hasta que vomites.

—¡Estás loco! —dije.

—Loco no... ¡Maníaco! —gritó.

—Será mejor que te los pongas —dijo Estrellita Escarlata en voz baja—. Lo he visto hacer cosquillas a otros y te aseguro que no es nada agradable.

Me asomé por encima de sus pequeños hombros escarlata y me quedé mirando la puerta que había detrás. ¿Lograría llegar corriendo a la puerta antes de que me atraparan?

Los otros dos muchachos ya se habían puesto a patinar otra vez. Yo no estaba dispuesto a unirme a ellos. Ni hablar. Sabía que en cuanto empezase no me dejarían parar jamás.

En ese instante apareció una silueta borrosa al otro lado de la pista. Los dos villanos también la vieron. La silueta se fue acercando y haciéndose más grande.

No podía dar crédito a mis ojos. Era la Furia Morada, que se acercaba deslizándose por el hielo con los dos puños levantados.

—¿Saben qué me revienta los riñones? —exclamó—. ¡Tener que rescatar a niños y pelearme con ustedes dos otra vez!

Lanzó un rugido ensordecedor.

—¡Bieeeen! —grité. Pero entonces vi que el Dr. Maníaco le susurraba algo a Estrellita Escarlata.

—No te preocupes, yo sé cómo tratar a este pollo colorado.

—¡Suelta ahora mismo a estos muchachos! —gritó la Furia Morada.

El Dr. Maníaco se puso las manos en la cintura, echó la cabeza hacia atrás... ¡y soltó una carcajada!

Estrellita Escarlata hizo lo mismo. Abrió sus labios encarnados y empezó a reírse.

A la Furia se le puso la cara aun más roja. Parecía que los ojos se le iban a salir de sus órbitas.

—¡Creo que no me han oído bien! —gritó la Furia Morada—. ¡He dicho que dejen que esos chicos se vayan! ¡O tendrán que enfrentarse a la furia de la Furia Morada!

El Dr. Maníaco agitó la cabeza y soltó una risita. Estrellita Escarlata empezó a rebuznar y a darse palmadas en las rodillas.

Aquello hizo que el rostro de la Furia se pusiera de un morado aun más oscuro. Se le inflaron las mejillas, resoplaba por la nariz y jadeaba hinchando el pecho.

—¡Ahora conocerán mi fuuuuriaaaaaaa!

Los dos villanos no dejaban de reírse. Se reían tanto que lloraban.

La Furia Morada levantó los dos puños por encima de la cabeza. Infló el pecho. Se le inflaron los ojos. Soltó un rugido.

Y entonces estalló. Sin más. *Pop.*

Reventó en un millón de pedacitos.

Los trozos quedaron esparcidos por el hielo.

El Dr. Maníaco sonrió a Estrellita Escarlata.

—Te dije que sabía cómo lidiar con él. ¡Ha sido más fácil que sentarse sobre una tarta de merengue! Basta con seguir enfadándolo cada vez más. Y entonces, *puf,* revienta. ¡Ja ja ja ja ja!

Volvió a ponerme los patines en las manos.

—Bueno —dijo—, ya no tendremos que preocuparnos más de él. Y ahora, ¡a patinar!

Me puse los patines y empecé a patinar de un extremo a otro de la pista con los otros dos niños. No me quedaba otra alternativa.

Tenía un millón de preguntas, pero ninguno de los tres dijo nada. Supongo que estábamos demasiado asustados. Lo único que se oía era el sonido áspero de las cuchillas sobre el hielo.

No podía dejar de pensar en Sam y Brooke.

Si el Dr. Maníaco los había apresado, ¿por qué no estaban allí patinando con los demás? ¿Por qué habría dicho Estrellita Escarlata que habían desaparecido para siempre?

"Olvídate de ellos. No los verás nunca más".

Cada vez que recordaba esas palabras se me encogía el estómago. Las piernas me temblaban. Sentía náuseas.

Toda la pista de hielo estaba cubierta de restos de la Furia Morada. Teníamos que esquivarlos para no pisarlos con los patines.

Era bastante asqueroso. Qué lástima que no

hubiera sabido controlar su ira.

Dejé escapar un suspiro. ¿Habíamos perdido nuestra única esperanza?

¿Cuánto tiempo llevaba patinando? ¿Una hora? ¿Dos horas?

Cada vez había más niños sobre el hielo. Los dos villanos estaban cumpliendo su promesa. Estaban muy ocupados trayendo a todos los niños de la ciudad.

Al rato, había una muchedumbre de jóvenes patinadores sobre la pista. Era un espectáculo espantoso. Docenas y docenas de niños tristes, patinando sin cesar... demasiado asustados para detenerse.

Me caían goterones de sudor por la frente. Tenía el pelo empapado. Las piernas me flaqueaban.

Pero seguía patinando entre la muchedumbre. Despacio. Agarrotado de dolor. Estaba exhausto. Sabía que no podría seguir patinando mucho más.

—¿Sam? ¿Brooke? ¿Dónde están?—me pregunté a mí mismo.

Tenía que haber alguna forma de escapar. Tenía que encontrarlos.

Y entonces... ¡Eureka! Calculé que habría, al menos, doscientos niños atrapados en la pista. Y nada más que dos villanos.

Pensé que si formábamos una estampida, ellos podrían atrapar a algunos. ¡Pero no a todos! Y los que escaparan podrían ir a pedir ayuda.

Alcé la mirada hacia la pared del fondo. Había una enorme pantalla colgada en lo más alto. En la pantalla se podía ver a Estrellita Escarlata y al Dr. Maníaco vigilándonos. En sus ojos había un brillo perverso.

"A lo mejor puedo quitarles esa sonrisa de la cara", pensé.

Junto a la pantalla había un enorme reloj circular de números negros contra un fondo blanco. Daba las ocho y veinte.

Bajé las manos a las rodillas y empecé a deslizarme entre los patinadores.

—A las ocho y media corremos a la puerta —susurré—. Pásalo.

Atravesé la pista tratando de decírselo al mayor número de niños.

—A las ocho y media nos escapamos —susurré una y otra vez—. Vayan a la puerta. Pásalo.

Los niños miraban aterrados el reloj de la pared.

—Sigan patinando. Sigan patinando —susurré—. Pásalo. A las ocho y media todos a la puerta.

Tenía las piernas adoloridas. El pecho me dolía. Pero seguí patinando sin dejar de mirar el reloj.

Quedaba un minuto. Podía sentir la ansiedad colectiva de todos los patinadores. Se hizo un extraño silencio.

Me puse las manos en los muslos y me preparé para salir disparado hacia la salida.

Los segundos seguían pasando.

Al principio pensé que el chasquido venía del exterior.

Pero muchos chicos empezaron a gritar. Vi a una chica caer de espaldas con los pies hacia arriba.

El chasquido sonó más fuerte.

Me detuve a tiempo para evitar caer sobre un bloque de hielo semihundido.

—¡Se derrite! —gritó un chico—. ¡El hielo se derrite!

22

Un rugido ensordecedor rebotaba en las paredes del pabellón. El hielo se resquebrajaba por todas partes y cedía con el peso de los patinadores.

A mi alrededor veía a chicos y chicas hundiéndose en la profunda y gélida agua de la piscina. Los gritos y las voces de pavor retumbaban en las paredes.

Levanté la mirada. Vi al Dr. Maníaco tecleando frenéticamente ante la mirada de Estrellita Escarlata.

Era él quien estaba derritiendo el hielo.

Lo tenía todo preparado. Sabía perfectamente cómo evitar nuestra huida.

La superficie se quebró bajo mis pies. Lancé un alarido mientras me deslizaba hacia abajo.

El agua helada me subió hasta las rodillas. Me impulsé con los brazos temblando violentamente. Me hundí hasta la cintura y seguí cayendo.

El agua estaba tan fría que empecé a perder la sensibilidad en todo el cuerpo.

Estaba rodeado de chicos que gritaban y lloraban aterrorizados, luchando por ponerse a salvo. Trataban de nadar hasta el borde de la piscina, pero los bloques de hielo se lo impedían.

—Tengo que moverme —murmuré tiritando—. Antes de que me congele por completo.

El frío me impedía nadar. El agua me impedía andar.

Me impulsé hacia delante... tiré de mí mismo... exprimí la poca energía que me quedaba... hasta que, finalmente, con los dientes castañeando, conseguí salir de la gélida piscina.

El Dr. Maníaco estaba cerca de allí manipulando los controles de una computadora. ¿Podría llegar hasta él antes de que me descubriera?

Me puse de pie con un escalofrío y me arrastré hasta el Dr. Maníaco chorreando agua. Avancé tiritando... y me lancé contra él.

Actué sin pensar. Tenía la mente bloqueada.

Actué sin ningún plan previo. Simplemente me arrojé contra él.

Con un grito de rabia, lo agarré por la cintura. Se tambaleó. Trató de zafarse de mí.

Pero yo seguía agarrado a él. Con un último esfuerzo me impulsé hacia arriba.

Lo agarré de la capa con las manos mojadas y se me escurrió.

Trató de agacharse para desprenderse de mí. Pero lo agarré por la cara.

—¡Sí! —dije casi sin voz. No podía dejar de temblar.

Le agarré la cara con rabia... ¡y se la arranqué!

Me quedé con su cara en las manos. ¡Era una máscara!

Tiré la máscara al suelo y lo miré fijamente. Y entonces, grité con todas mis fuerzas:

—¡Sam, eres tú!

Temblando de frío y chorreando agua, miré fijamente a mi hermano.

—¿Sam?

—Ya no soy tu hermano, soy el Dr. Maníaco —dijo arrebatándome la máscara de la mano.

—Pero ¿cómo? —dije esforzándome por comprender.

Estrellita Escarlata se interpuso entre ambos.

—Basta ya de preguntas —dijo enojada, y se quitó la máscara para que pudiera ver su cara.

—¡Brooke! —exclamé—. ¿También tú?

—Te dije que te olvidaras de nosotros —dijo, poniéndose la máscara nuevamente—. Sam y Brooke han desaparecido para siempre.

La cabeza me daba vueltas. Seguían oyéndose los alaridos de terror y los llantos de los chicos. Me volteé y vi sus caras aterradas mientras intentaban atravesar la capa de hielo.

Me vi a mí mismo en la pantalla gigante entre

Sam y Brooke. Vi la expresión de confusión en mi rostro.

Agarré a mi hermano de los hombros

—¿Pero por qué, Sam? —pregunté—. ¿Por qué has elegido el mal?

Sam me clavó sus ojos oscuros y respondió:

—Tú fuiste el primero en decirlo, Robby. Fuiste tú quien dijo que los villanos son más interesantes. —Se puso la máscara—. Ya estoy harto de ser tu hermanito regordete. Ahora soy un maníaco.

—Pero, Sam...

—Tú siempre has sido el hermano con talento —dijo con una mueca de envidia—. El artista genial con sus increíbles tiras cómicas. Y yo era el gordito ridículo. Se acabó. Soy malvado, Robby... ¡Y muy pronto seré rico!

—¡No! ¡Estás equivocado! —grité—. ¡Estás totalmente equivocado! ¡Tienes que regresar a casa, Sam!

Sam y Brooke me acorralaron.

—Estás con nosotros o contra nosotros —dijo Brooke.

—Con nosotros o contra nosotros —dijo Sam, y no era una pregunta. Era una amenaza.

Los tenía pegados a mí. Estaban tan cerca que podía sentir su maldad.

—Con o contra —insistió Sam.

No podía creerlo.

Estaba aterrorizado.

Aterrorizado de mi propio hermano y de mi amiga. Respiré hondo mientras esperaban mi respuesta.

—¡Contra! —dije finalmente—. ¿Y ahora qué van a hacer?

Antes de que pudieran responder, las puertas se abrieron de golpe. Al voltearnos vimos un grupo de policías con uniformes oscuros que irrumpían a toda prisa en el pabellón.

—¡Noooo! —gritó enfurecido el Dr. Maníaco.

Estrellita Escarlata suspiró y dio un paso hacia atrás. Se pisó la capa y estuvo a punto de caerse.

Entraron al menos una docena de policías. Algunos se metieron en la piscina y empezaron a sacar a los chicos. Otros llegaron corriendo hasta nosotros.

Reconocí al agente Rawls, que encabezaba un grupo de otros cinco o seis policías.

—Buen trabajo, Robby —dijo—. Nos has conducido directamente hasta ellos.

El Dr. Maníaco y Estrellita Escarlata estaban tan sorprendidos que no pudieron reaccionar. Estábamos rodeados de policías.

—Ustedes dos van a estar encerrados durante

mucho tiempo —dijo el agente Rawls mirando a los villanos.

El Dr. Maníaco se echó la capa hacia atrás y soltó una carcajada.

—¡Jamás nos atraparán unos simples agentes! —dijo.

Los policías se abalanzaron sobre ellos. Se oyó un suave estallido y, entonces, el Dr. Maníaco y Estrellita Escarlata se esfumaron.

—¿Adónde se han ido? —dijo Rawls—. ¡Que no se escapen!

Señalé la pantalla gigante de video.

—¡Allí están!

Así es. Los dos villanos nos miraban desde la pantalla gigante.

—¡El mundo jamás estará a salvo de nosotros! —gritó Estrellita Escarlata.

El Dr. Maníaco volvió a lanzar su característica carcajada de hiena.

—¡Tiene razón! —dijo—. ¡Y cuando tiene razón, tiene razón! ¡Tiene tanta razón como una mangosta de picnic! ¡Están todos condenados!

Me quedé mirando la computadora que había allí. Y de pronto se me ocurrió una idea. Una idea aterradora. Pero, ¿qué tal si funcionaba?

Me acerqué al teclado. Dudé durante un instante. No deseaba hacerlo. Lo juro. Pero sabía que no me quedaba otra elección.

Levanté el dedo sobre el teclado, y oprimí la tecla de borrar.

Y entonces… ¡*pop*! El Dr. Maníaco y Estrellita Escarlata desaparecieron de la pantalla de video… ¡desaparecieron para siempre!

Estaba en el dormitorio con mamá. Me puso las manos en los hombros y se inclinó hacia la pantalla de mi computadora. Estaba leyendo mi última tira cómica.

Era una historia muy larga. La más larga que había escrito hasta entonces. La llamé "El Dr. Maníaco contra Robby Schwartz".

Cuando finalmente se acabó, mamá dio un paso hacia atrás.

—¡Vaya! —dijo—. Excelente, Robby. Es muy emocionante. La escena de la piscina es fantástica.

—¿Te ha gustado de verdad?

—Sí —respondió—. Pero tiene un final muy triste. ¿De verdad tuviste que borrar a tu hermano y a tu amiga Brooke?

Asentí con la cabeza.

—Pensé que sería el final perfecto —dije—. El bien que triunfa sobre el mal. Aunque diera pena.

—Me gusta cómo mezclas la vida real con tu mundo de fantasía —dijo mamá—. Muy ingenioso. Ya sé que odias ser hijo único. Así que te has inventado a un hermano y una hermana.

—Sí, supongo que esa es la razón por la que he inventado a Sam y a Taylor —dije.

Mamá me dio una palmadita en el hombro.

—A lo mejor pasas tanto tiempo delante de tu computadora porque te sientes solo —dijo.

—No me siento solo —respondí—. Me gusta inventar historias, eso es todo.

—Me alegra oírlo —dijo ella.

—Voy a escribir una nueva tira cómica con nuevos personajes —dije—. ¡Creo que esta vez voy a inventarme tres hermanos y tres hermanas!

A ella le dio risa al oírlo. Sonó el teléfono y corrió a contestar.

Volví a mirar a la pantalla de la computadora.

—¿Qué? —grité sobresaltado.

En la pantalla había un dibujo que no había visto antes. En el dibujo aparecían el Dr. Maníaco y Estrellita Escarlata juntos. Y a su lado estaba Taylor, mi hermanita imaginaria.

—¡Yo no he dibujado esto! —dije, y me acerqué más a la pantalla para observar los detalles. Los tres estaban en un parque de atracciones—. ¡Es... es increíble! ¿Cómo puede ser?

De pronto aparecieron textos de diálogo por encima de sus cabezas.

—Escúchame, Robby —dijo Taylor—. La

próxima vez quiero que me des un papel más importante. ¡En tu estúpida historia no me ha tocado hacer nada!

—Y a nosotros no nos gusta tu final —dijo Estrellita Escarlata—. ¡Así que te hemos preparado un final mejor!

Por último, vi al Dr. Maníaco con su sonrisa malvada.

—No te gustará nuestro final, Robby. Pero te lo vamos a enseñar... ¡muy pronto! Te esperamos en... ¡HorrorLandia!

BIENVENIDO A HORRORLANDIA

BOLETO DE ENTRADA

¡DONDE LAS PESADILLAS SE HACEN REALIDAD!

LA HISTORIA HASTA AQUÍ...

Niños como tú están empezando a recibir unas misteriosas invitaciones a HorrorLandia, un conocido parque temático de miedo y diversión. A cada "invitado super-especial" se le garantiza una semana de terroríficas diversiones... pero los sustos empiezan a ser demasiado reales.

Dos niñas, Britney Crosby y Molly Molloy, han desaparecido en el Parque Acuático de la Laguna Negra, y Billy no sabe qué hacer después de que su hermana Sheena se vuelve invisible... y desaparece sin dejar rastro.

Un Horror (guía) del parque llamado Byron les dice a los niños que están en peligro. Trata de ayudarlos... ¡pero acaba siendo secuestrado por otros dos Horrores!

¿Por qué están en peligro? ¿Dónde están las tres niñas desaparecidas? Quizá Byron les dé la respuesta... si consiguen dar con él.

Carly Beth Caldwell y su amiga Sabrina Mason llegaron a HorrorLandia unos días después que los demás. Y no tardan en perderse en una zona del parque llamada Bosque Lobuno.

¿Quién más está atrapado en este bosque de hombres lobo? Efectivamente... ¡Robby Schwartz!

Robby continúa el relato...

El Bosque Lobuno. Cuando vi el letrero de la entrada pensé que sería un buen título para alguna de mis tiras cómicas.

Pero era real. ¡Demasiado real!

Un bosque donde los lobos y los hombres lobo acampaban a sus anchas. Aullaban a la Luna y hacían crujir la hojarasca en sus desplazamientos.

Se veía refulgir los ojos de aquellas bestias infrahumanas entre los oscuros árboles. ¿Acechaban a alguna presa? ¿Me acechaban a mí?

Sentí un escalofrío. Como si alguien me hubiera derramado agua por la espalda.

HorrorLandia es un parque de atracciones, ¿no? Y el Bosque Lobuno es una de sus grandes atracciones. Se supone que debería ser divertido.

Me repetía una y otra vez que aquellas criaturas mitad lobo, mitad hombre eran en realidad máquinas. Juguetes enormes manipulados por alguna persona desde una sala de control oculta.

Y, sin embargo, parecían totalmente reales y amenazadoras. No podía bajar la guardia ni a plena luz del día.

Pero ya no era de día. Oía a mi alrededor el inquietante ulular de los búhos. Y cada sonido me hacía dar un brinco.

¿Cómo me había metido en este lío?

¿Por qué me había quedado tanto tiempo en la Aldea del Hombre Lobo?

Era la primera vez que iba a HorrorLandia. Sí, claro que estaba contento. Cuando me llegó la invitación por correo me olvidé de todo lo demás, ¡tenía que ir!

Me refiero a aquel extraño mensaje del Dr. Maníaco y todo eso. ¿Pero cómo iba a rechazar una semana gratis como invitado especial en el parque de atracciones más fabuloso que existe?

Me pregunto por qué decidí visitar primero la Aldea del Hombre Lobo. Quizá fue porque muchas de mis historias transcurren en el bosque. Me encanta imaginarme los aterradores monstruos y bestias que viven entre la vegetación. La verdad es que me moría de impaciencia por ver el trabajo de los diseñadores de HorrorLandia.

Lo malo es que perdí la noción del tiempo.

Bajo aquella densa arboleda no se veía ni el bosque. Y ahora me veía a mí mismo dando tumbos por la oscuridad en busca de una salida; escuchando los lastimeros aullidos de lobos y búhos.

Se me ocurrieron montones de ideas para mi

próxima tira cómica: "El Dr. Maníaco contra el hombre lobo blanco".

O quizá, "El Dr. Maníaco contra el maravilloso hombre lobo".

¿Quién ganaría la batalla? ¿Qué haría el malvado maníaco para derrotar al inmortal hombre lobo?

No paraba de darle vueltas a estas ideas y por eso no vi la piedra semienterrada que había ante mí. Me tropecé y di un alarido. Eché las manos hacia adelante para amortiguar mi caída.

¡Y caí encima de alguien!

Oí un grito agudo y estridente que me dejó sin habla.

Tenía los brazos enredados en los brazos de alguien. Nos dimos un coscorrón.

Traté de apartarme de aquellos gritos.

Fue entonces cuando las vi. Eran dos muchachas. Debían de ser de mi edad. A pesar de la oscuridad pude ver el terror en sus ojos. Las vi apartarse de mí, abrazadas la una a la otra.

Me sacudí las piernas y respiré con fuerza.

—Esto… hola —dije—. Creo que las he asustado.

—¿Qué haces aquí? —preguntó la chica más alta.

—¡Qué pelo tienes! Pareces un… ¡salvaje! Pensamos que eras un hombre lobo —dijo su amiga.

—¡Qué va! —respondí—. Si ni siquiera me afeito.

Un poco de sentido del humor no está mal, ¿verdad?

Pero seguían mirándome como si fuera una fiera selvática. "Robby Schwartz, el Terror de los Bosques".

—Disculpen, no quería asustarlas —dije—. Me debo haber tropezado o algo. Estoy tratando de salir de este lugar.

Las dos muchachas me dijeron sus nombres: Carly Beth y Sabrina.

—Yo me llamo Robby Schwartz —dije—. Llevo horas caminando en círculos por aquí. Nunca he sido un *boy scout*. Ni siquiera sé cómo leer una brújula.

Carly Beth frunció el ceño.

—No creo que una brújula te sirva de mucho —dijo, señalando la puerta de tela metálica—. Sabrina y yo también nos hemos perdido. Hemos visto unos hombres horrorosos encerrados en jaulas. Algunos tenían morro de lobo. Y te aseguro que no tenían ninguna gracia. Parecían reales. Y, bueno, ahora nos hemos topado con esta puerta.

Sabrina se acercó a la puerta y agarró el candado.

—Estamos atrapados, aunque debe haber alguna otra puerta, ¿no?

—A menos que cierren el bosque durante toda la noche —dije.

Carly Beth cruzó los brazos.

—Seguro que hay una salida. Si no la hubiera, todas las noches se quedaría encerrado alguien.

—A lo mejor eso es lo que dan de comer a los lobos —dije.

Mi intención era decir algo divertido. Pero nadie se rió. Y en medio de aquel silencio escuchamos unas pisadas. Nos quedamos como estatuas... y escuchamos el sonido de patas avanzando. Y rugidos guturales y hambrientos. Y gruñidos de lobos... lobos que avanzaban rápidamente por el bosque.

—Vienen... vienen por nosotros —susurré.

2

Salieron de golpe de entre los árboles con las cabezas agachadas. Conté cuatro. Nos miraban con ojos resplandecientes como canicas amarillas.

Me quedé pasmado. Helado de terror.

Debía de tener el mismo aspecto que uno de mis personajes en apuros. Y de pronto me vino a la cabeza una escena de una de mis primeras tiras cómicas.

"El Dr. Maníaco contra el Niño Topo Invencible".

Actué sin pensar. Mi cuerpo parecía moverse por sí solo. Me puse de rodillas en el suelo blando y empecé a excavar con las manos.

Excavaba frenéticamente. Tuve la suerte de que el suelo estaba blando. Empecé a apartar tierra con las manos. No tardé en hacer un agujero bajo la verja como el humanoide con forma de topo de mi historia.

Los enfurecidos lobos formaron una línea detrás de nosotros. Uno de ellos levantó el hocico hacia la Luna, como si fuera a dar la señal de ataque.

Aunque jadeaba por el esfuerzo, hice un agujero lo suficientemente grande para pasar las manos al otro lado. Metí las manos y me tumbé boca abajo. Y luego empecé a impulsarme con las piernas cada vez más rápido y sin parar.

Aunque la tela metálica me arañaba la espalda, seguí impulsándome hasta pasar al otro lado.

Me sacudí la tierra de la frente y llamé a las chicas. No hizo falta que les dijera lo que tenían que hacer.

Sabrina ya estaba boca abajo. Metió las dos manos por debajo de la verja. La agarré y tiré con fuerza para sacarla a mi lado.

—¡Agacha la cabeza! ¡Agacha la cabeza! —grité.

Se le quedó enganchada la melena en la verja. Dio un grito de dolor, pero bajó la cara hasta la tierra y tiré de ella hasta sacarla por completo.

Me ocupé de Carly Beth. Los lobos seguían detrás de ella. Su pelo plateado brillaba a la luz de la luna. Los lobos alzaron el morro y aullaron, y luego encorvaron la espalda preparándose para atacar.

—Apúrate, Carly Beth —gritó Sabrina.

Agarré a Carly Beth de las muñecas y tiré de ella.

Su cuerpo se deslizaba con dificultad sobre la áspera tierra. Cuando los lobos lanzaron su ataque, seguía con medio cuerpo del otro lado.

Los cuatro saltaron de golpe.

Carly Beth dio tal alarido que le solté las manos.

Me temblaba todo el cuerpo, pero volví a agarrarla. Tiré con todas mis fuerzas, pero la chica estaba atorada.

—¡Me ha agarrado! —gritó—. ¡Aaaah! ¡Me ha agarrado el pie!

3

Un grito de terror escapó de mi garganta.

—¡Noooo! —exclamé mientras imaginaba el pie de Carly Beth destrozado por las dentelladas de un lobo.

Pero no. Me di cuenta de que el lobo no la había cazado.

—Carly Beth, se te ha enganchado el pie.

La chica agitó la pierna con fuerza y el tenis quedó entre los alambres de la verja. Tiré de ella hasta sacarla totalmente.

Los lobos saltaron y se estrellaron contra la alambrada. Demasiado tarde.

Carly Beth se levantó y se quedó jadeando con las manos en la cintura.

—¡Son reales! —alcanzó a decir.

Al otro lado de la verja los lobos nos desafiaban con la mirada. Estaban quietos. Con las cabezas agachadas. Sin parpadear.

—Larguémonos de aquí —dijo Sabrina, y apartó a su amiga de la verja—. Al menos hemos conseguido salir del bosque. Vamos al hotel.

—Nos has salvado de esos lobos —dijo Carly Beth mirándome fijamente—. Tu idea de excavar nos ha salvado la vida.

—El héroe Robby Schwartz a su servicio —dije—. ¿Saben dónde puedo comprar unos leotardos y una capa?

—Hay que encontrar a los otros chicos —dijo Carly Beth—. Tenemos que contarles todo lo que hemos visto. Y todo lo que está pasando.

Sacó el tenis de debajo de la verja, se lo puso y emprendió camino con su amiga Sabrina hacia el Hotel Inestable, nuestro hotel.

Tuve que correr para alcanzarlas.

—¿Los otros chicos? —pregunté interponiéndome entre ellas—. ¿A quién te refieres?

—Hemos conocido a unos chicos —dijo Carly Beth—. También son invitados especiales. Dijeron que les estaban pasando cosas raras en el parque, y que un Horror llamado Byron les había advertido.

—Les había advertido qué —dije.

—Dijeron que les había advertido que estaban en peligro —contestó Carly Beth.

¿En peligro? En ese instante recordé el final de mi tira cómica. Recordé al Dr. Maníaco diciéndome que me estaría esperando en HorrorLandia. Quizá debí haberle hecho caso.

Pasamos junto al Café Cocodrilo. Un letrero luminoso encima de la puerta decía: PRUEBA UN

BOCADO... ¡O UN MORDISCO! A lo lejos se veía el parque acuático Laguna Negra.

El parque seguía lleno de personas. Era reconfortante volver a ver a gente normal por todas partes. Al fin habíamos logrado salir de la horripilante Aldea del Hombre Lobo. ¿Por qué seguía Carly Beth tan asustada?

—Cuando esos chicos nos dijeron que habían desaparecido dos chicas, no les creí —dijo Carly Beth—. Dijeron que dos amigas suyas, Britney y Molly, desaparecieron sin dejar rastro, y que otra chica, una tal Sheena, se había vuelto invisible. Pensé que nos querían asustar a Sabrina y a mí.

Carly Beth negó con la cabeza.

—Pero ahora les creo.

—Oímos una conversación entre dos Horrores —dijo Sabrina—. Marcus y Bubba, esos eran sus nombres. No sabían que Carly Beth y yo estábamos escuchando. Nos agachamos detrás del carrito de un vendedor ambulante. Detrás del carrito había un Horror con un delantal amarillo metiendo ojos en un tazón. A un lado del carrito decía: OJOELAS CON LECHE. ¡OJOS SANOS Y NUTRITIVOS!

—¿Qué dijeron esos dos Horrores?—pregunté.

—Dijeron que los invitados especiales la iban a pasar muy mal —respondió Sabrina.

—¿De verdad? —dije.

—¿No te ha bastado con sobrevivir a un ataque de lobos de verdad? —dijo Carly Beth un tanto irritada.

—Carly Beth tiene razón —dijo Sabrina—. Lo que está pasando aquí ya no es ninguna broma.

—¿Y qué debemos hacer? —pregunté.

Antes de que las chicas abrieran la boca para responder, sentí que algo me agarraba del tobillo.

—¡Cuidado! —grité. Eché las manos hacia delante y caí al piso de cabeza.

Choqué con fuerza contra el asfalto y di un par de botes.

Me quedé sin aliento. Algo me había empujado contra el suelo. Algo...

—¿De qué se reían las chicas?

Me di la vuelta... y vi una de esas serpientes verdes de peluche tirada en el suelo. Seguramente alguien la había ganado en una tómbola y la había perdido.

Las dos chicas me ayudaron a levantarme.

—Eres un héroe maravilloso —dijo Sabrina.

—Prometemos no contarle a nadie que te has tropezado con una serpiente de peluche —dijo Carly Beth—. A nadie salvo a todas las personas que conozcamos.

Volvieron a reírse.

Recogí la serpiente del suelo y la miré.

—¡Miren qué colmillos tan terribles! —dije—. ¡Es una serpiente asesina! Acabo de salvarles la vida... ¡por segunda vez!

Entregué la serpiente a una niñita que iba con sus padres.

—Eres nuestra clienta favorita —dije—. Acabas de ganar una maravillosa serpiente de peluche.

—Gracias —dijo la niña. Se echó la serpiente al hombro y siguió caminando.

La vimos alejarse. Sus padres voltearon a mirarnos varias veces.

—Tenemos que dejarnos de bromas —dijo Carly Beth, y reemprendió la marcha hacia el hotel—. Les recuerdo que no lejos de aquí estuvimos a punto de perder la vida.

—Quizá esos chicos ya encontraron a Byron, el Horror que los quería ayudar —dijo Sabrina.

Pasamos entre un grupo de adolescentes que estaban jugando con la gorra de béisbol de un niño. Se la pasaban unos a otros gritando y riendo.

—Yo he venido a pasarlo bien —dije—. ¿Realmente creen que nos han traído aquí por alguna otra razón?

No oí respuesta alguna. Sabrina y Carly Beth siguieron caminando como si nada. Me estaba pasando algo muy extraño...

De pronto sentí como si estuviera flotando en el aire. Como si me hubiera separado de mi cuerpo y me estuviera elevando sobre él. Como si estuviera demasiado lejos para oír lo que decían las muchachas.

Traté de centrarme en Sabrina y Carly Beth. Pero una extraña fuerza me alejaba de ellas...

como si el viento se estuviera llevando mi mente...

Aguanté la respiración. Agité la cabeza tratando de sacudirme esa sensación.

Parpadeé tratando de fijar la mirada en un edificio próximo. En la parte de arriba había unas letras de neón azulado que decían: BANCO DE JUEGOS. 100 JUEGOS DE VIDEO.

—¿Banco de juegos? ¿Una sala de juegos gigantesca?

Sin querer, empecé a apartarme de las chicas. Las piernas me llevaban a otro lugar. A otro lugar donde ya había llegado mi mente. Las piernas me seguían llevando como si las atrajera una aspiradora... sin parar hacia la sala de juegos.

—¡Oye, Robby!

Era la voz de Carly Beth.

—¿Adónde vas, Robby?

—Luego las veo —dije. O al menos creí decir, porque mi mente ya estaba en la sala de juegos.

Abrí la puerta y entré en una sala enorme... iluminada por una intensa luz azul que inundaba todo. Los juegos parecían azules... la gente que había allí también parecía azul. El piso y las paredes brillaban como bloques de hielo celeste.

Pasé una hilera de juegos de guerra. Y otra más de juegos de carreras. Se oían los autos rugiendo y derrapando. Vi máquinas de *pinball* contra una pared y, junto a otra, una tanda de máquinas de Pac Man, Donkey Kong y otros juegos clásicos.

No me detuve a mirarlos. Se oían detonaciones de metralletas y bombas. Repentinas melodías electrónicas. Seguí atravesando la luz celeste, como si mis piernas supieran a dónde se dirigían.

No tenía elección.

¿Es esto lo que se siente cuando te hipnotizan?

La extraña luz formaba un torbellino borroso. Cuando aquella extraña niebla se disipó, me vi en un cuartito pequeño al fondo de la sala. El fragor de las máquinas de juegos se oía en la distancia.

Me quedé mirando la única máquina de juegos que había en aquel cuartucho.

La máquina constaba de una gran pantalla de video con destellos de luces a su alrededor y unos altoparlantes de los que salía una malévola risa. La pantalla estaba encendida. Se veía el título del juego escrito en letras que goteaban tinta morada:

EL MUNDO DE DOLOR DEL DR. MANÍACO

No podía creer lo que veía. ¡Era imposible!

¿Cómo iba a haber un juego del Dr. Maníaco? ¿De dónde procedía la fuerza que me impulsó hasta aquí? ¿Hasta este juego?

Tendría que jugar para averiguarlo.

Me acerqué a la máquina de juegos. Un casco con una visera anaranjada y unos guantes amarillos me esperaban. A su lado vi una pila de monedas.

Alguien había preparado todo esto. ¿Pero quién? ¿Y por qué?

¿Qué fuerza me impedía darme media vuelta y largarme?

Me puse el pesado casco en la cabeza. Miré a través de la visera anaranjada. El casco tenía altoparlantes en su interior. Y de esos altoparlantes salía música, y una risa profunda y malévola.

Me puse los guantes amarillos. Eran finos y entraron fácilmente.

Me puse ante la consola del juego y metí una moneda en la ranura.

Hizo un sonido metálico. La música cambió y la pantalla se oscureció.

A un lado de la máquina, metida en un tubo, había un arma roja y púrpura. La saqué. Hice varios disparos de prueba. Cada vez que apretaba el gatillo escuchaba un sonido eléctrico. *Sssssssaaaap.*

La pantalla se puso morada. Luego roja. Apareció una densa bruma y luego empezó a dibujarse una silueta que se acercaba a mí. Su capa de piel de leopardo ondeaba en el viento. Se acercó un poco más.

¡El Dr. Maníaco!

¡Mi personaje! ¡Mi creación! ¡Mi enemigo!

Oprimí el botón de empezar el juego con la mano temblorosa y me incliné hacia la consola.

—¿Podré derrotar al Dr. Maníaco?

—Loco no... ¡maníaco! —dijo el villano a través de los altoparlantes con su ensordecedora voz.

Levanté el arma, apunté a la gran M de su pecho... y apreté el gatillo.

Oí un débil *blup, blup, blup.*

El Dr. Maníaco echó la cabeza hacia atrás y soltó una carcajada.

—¡Primero tienes que conseguir tu munición, Robby! —exclamó—. ¡Empieza la cacería, inútil!

¿Cómo sabía mi nombre?

El Dr. Maníaco despegó y se fue volando hacia una ciudad llena de gente. Su capa de piel de leopardo ondeaba tras él mientras subía y bajaba deslizándose entre los edificios.

Apunté de nuevo a las plumas amarillas de sus botas. Apreté el gatillo.

Blup, blup, blup.

Nada.

Dejé caer el arma y agarré el mando. Lo giré frenéticamente de un lado a otro para no perder la pista del villano. Se metió en un laberinto de rascacielos y sobrevoló a poca altura calles y esquinas atestadas de gente.

Cada segundo que lograba mantenerme tras él acumulaba balas. Los puntos de munición se indicaban en un contador en la parte superior de la pantalla. Cada vez que lograba puntos de munición se oía: *pau, pau, pau.*

Entró en un túnel de tren subterráneo y conseguí seguirlo de cerca. Nos deslizamos a toda velocidad en una persecución salvaje por el oscuro e intrincado túnel.

Surgió un monstruo horrendo de entre las vías y me elevé para evitarlo. Era una espantosa criatura subterránea con una docena de mortíferos tentáculos.

El monstruo ocupaba todo el ancho del túnel y nos bloqueaba el paso. Una baba amarilla fluía de sus afilados y sucios colmillos. Gritando a pleno pulmón, levantó los tentáculos y abrió sus descomunales mandíbulas para devorarme.

Tiré del mando hacia atrás para detener mi vuelo. Agarré el arma como pude, apunté y... apreté el gatillo.

Y entonces tres palabras enormes llenaron la pantalla:

FIN DEL JUEGO.

Apoyé las dos manos en la consola, jadeando. La partida terminó sin darme opción a usar los puntos de munición que había acumulado.

Agarré otra ficha. Pero me pregunté si debería jugar nuevamente.

Decidí que no lo haría porque tenía que alcanzar a Carly Beth y a Sabrina.

Pero entonces volvió a aparecer la cara del Dr. Maníaco en la pantalla.

—Robby, a estas alturas debes saber que los perdedores nunca se rinden, y los que se rinden nunca pierden. ¡O algo así! —Echó la cabeza hacia atrás y soltó una carcajada—. Loco no... ¡maníaco!

Volvió a despegar. Esta vez sobrevolaba una playa llena de gente. Abajo se veían las olas verdosas y doradas del mar.

Antes de tomar una decisión ya tenía las manos en los controles. Y me vi persiguiéndolo de nuevo. Volando tras él. Girando cada vez que él giraba. Tratando de imitar cada uno de sus movimientos.

Pau, pau, pau. El marcador de munición seguía subiendo. Ya tenía más de 500.000 puntos.

El Dr. Maníaco estiró los brazos y se alejó de la playa. El viento rugía en mi casco. De pronto oí aves. Graznidos ásperos.

Una bandada de gaviotas vampiro se alzó sobre mí. Y empezaron a escupirme sangre.

Cada vez que me daban, ¡lo sentía! Solo era un juego y lo sabía. Pero sentía cada golpe de viento, la bruma salada y cada escupitajo en la piel.

Empezaba a perder altura. ¡Varios impactos más y me hundiría en el océano! ¿Sentiría también que me ahogaba?

Agarré el arma, apunté y empecé a disparar.

¡*POP!* Una gaviota vampiro estalló formando un destello rojo y amarillo en la pantalla.

¡*POP!* ¡*POP!* ¡Dos más!

—¡Ay! —dije sorprendido por otro impacto.

Las repugnantes aves crearon una lluvia de sangre sobre mí. Empezaba a caer… me hundía… el oleaje me alcanzó y tiró de mí hacia el fondo del océano. Y entonces…

FIN DEL JUEGO.

—¡De acuerdo! ¡Se acabó! —grité—. Tú ganas.

Me costaba respirar. Agarré el casco con ambas manos y empecé a tirar de él.

—¡Eh! —grité. Estaba atorado o algo.

Agarré la visera y tiré hacia arriba. Pero el casco no cedía. Volví a agarrarlo con mis manos enguantadas y empujé con todas mis fuerzas.

Nada. El casco se me había pegado a la cabeza.

Pensé que sería más fácil quitármelo sin los guantes, así que agarré la punta de uno de ellos y tiré.

—¿Qué? —grité asustado al comprobar que tampoco me podía quitar los guantes.

Tiré frenéticamente de un guante y luego del otro.

—Loco no... ¡maníaco!

Oí el grito del Dr. Maníaco dentro del casco. Volvió a aparecer en la pantalla, riéndose de mí con su risa de hiena. Despegó de nuevo y esta vez sobrevolaba la selva.

Agarré el mando y volví a perseguirlo.

—N-no... ¡no puedo dejar de jugar! —grité en voz alta—. ¡No me deja parar!

¡Pau, pau, pau!

Volví a sumar puntos mientras perseguía al villano volador. Y ahora surcábamos una senda a través de la selva.

Me aferré frenéticamente al mando de vuelo con la mano izquierda, y con la derecha sujeté el arma y disparé a las fieras que saltaban hacia mí.

¡Pau, pau, pau!

—¡Ya basta!

Mi voz resonaba dentro del casco, pero no podía oírla a causa de la música a todo volumen, los rugidos de los animales y la risa alocada del Dr. Maníaco.

—¡Quiero parar! —grité.

Acabó la partida.

Intenté quitarme los guantes de nuevo. Mordí un dedo y tiré con todas mis fuerzas... en vano. Tenía el guante adherido a la piel.

Con un grito desgarrador, agarré el casco por ambos lados y lo giré a la izquierda y luego a la derecha, lastimándome el cuello, pero el casco seguía sin ceder.

Empezó otra partida. El Dr. Maníaco volaba sobre un desierto de arenas rojizas.

Agarré el mando. No podía parar. No podía evitar apretarlo con fuerza y volver a perseguir a ese chiflado, que reía sin parar.

Sentí una gota de sudor en la frente. Me temblaban las piernas y el corazón me latía con fuerza.

Acabó la partida. Y luego empezó otra. Y otra más.

Me incliné hacia la consola luchando por librarme del dichoso juego. Pero estaba atrapado. Era un prisionero. Un prisionero de un juego de video.

Empezó otra partida. Esta vez volvimos a estar en una gran ciudad.

De pronto vi un reflejo en el cristal de la pantalla. Había alguien detrás de mí en el cuartito. Vi su oscura silueta en el cristal.

Miré el reflejo fijamente. Aquella silueta se acercó un poco más y pude reconocerla. ¡Era el Dr. Maníaco!

Y estaba detrás de mí.

Sin soltar el mando de control, di la vuelta de golpe.

No. Allí no había nadie.

Volví a la partida. Y volví a ver reflejada en el cristal la sonrisa malévola del Dr. Maníaco.

Pero cuando volteé de nuevo, nadie.

¡Pau, pau, pau, pau! La partida seguía. Volví a verme en el túnel subterráneo disparando al

horrendo monstruo de las tinieblas.

Me dolían los brazos y las piernas me temblaban. Tenía la garganta tan seca que apenas podía respirar.

Terminó la partida y volvió a empezar otra. Intenté librarme de aquel suplicio, pero no pude.

Y luego escuché algo detrás de mí. Vi a dos chicas que entraban en el cuarto. ¿Carly Beth y Sabrina?

No. No conocía a estas muchachas. Debían de ser de mi edad, más o menos. Las dos tenían el pelo cobrizo y los ojos pardos. Una llevaba un vestido de verano rojo y amarillo y la otra, una camiseta de color verde claro y unos *shorts* blancos. ¿Serían hermanas?

Se detuvieron en el umbral de la puerta y me miraron.

—¡Ayúdenme! —grité—. ¡Socorro! ¡No puedo salir de aquí! —dije tratando de señalar la consola, pero no podía soltar el mando o el arma.

Dieron unos pasos hacia mí.

—Por favor —supliqué—. Lo digo en serio. ¡Ayúdenme!

—¿Qué quieres que hagamos? —dijo la chica del vestido.

—¡Tira del cordón! —grité—. ¡Desenchufa la máquina! ¡Apúrate! ¡Por favor! ¡Tiren del cordón!

Seguía oyendo las risotadas del Dr. Maníaco.

—Loco no... ¡maníaco! —gritó, y empezó otra partida.

—¡Desenchufen la máquina, por favor! ¡Desenchúfenla!—grité.

Las niñas corrieron hacia la parte de atrás de la máquina.

No podía verlas. En la pantalla volvía a sobrevolar el océano. Las gaviotas vampiro graznaban y volvían a escupirme sangre.

—¡Desenchufen la máquina! ¿Es que no encuentran el enchufe? —grité—. ¡Por favor!

Las niñas asomaron la cabeza al mismo tiempo.

—No podemos desenchufarla —gritó una de ellas—. ¡Porque no está enchufada!

Una de las muchachas tenía el enchufe en la mano.

—¿Lo ves? —exclamó.

La risa del Dr. Maníaco seguía torturándome en el casco. Las gaviotas vampiro escupían un aguacero de sangre sobre mí. Me estaba hundiendo en las olas del mar.

Me dolían los brazos, tenía palpitaciones en el pecho y apenas me podía mantener en pie.

Ya había jugado al menos veinte partidas. Lo veía todo borroso. Y aun así no podía parar. Me apoyé sobre la consola, abriendo fuego contra las gaviotas.

—Busquen el botón de apagar —dije—. ¡Rápido!

Las dos chicas caminaron alrededor de la máquina. Se agacharon, buscaron debajo de la pantalla de video y alrededor de la base.

—¡No está por ninguna parte! —exclamó una de ellas.

—¡No hay botón! —dijo la otra—. No la podemos apagar.

¡Pau, pau, pau!

¡KABUUM! Una gaviota se estrelló contra la pantalla. Tres de sus repugnantes compañeras venían por mí.

Ya no podía hablar. Todo a mi alrededor empezaba a fundirse en un gris cada vez más oscuro. Pude sentir que los ojos se me ponían en blanco y las rodillas empezaron a ceder.

Sabía que me estaba desmayando, pero no podía evitarlo.

Caí hacia adelante, golpeándome el pecho con la consola. Y luego sentí un dolor agudo en la cabeza mientras me desplomaba, rebotando en el cristal.

¿Has visto esas estrellas que pintan los dibujantes de tiras cómicas sobre sus personajes cuando se golpean la cabeza?

Pues yo las vi de verdad. Estrellas doradas y brillantes parpadeando contra un fondo negro. Luego las estrellas se desvanecieron y quedó todo a oscuras.

Cuando abrí los ojos estaba tumbado de espaldas sobre el suelo. Levanté la cabeza lentamente. Miré la pantalla de video. Estaba apagada. La dichosa partida había terminado.

Me senté y tiré del casco.

—¡Sí! —exclamé—. ¡Soy libre!

Me arranqué los guantes y los arrojé lo más lejos que pude.

Las chicas seguían allí sin dejar de mirarme.

—Estoy bien —dije—. Menos mal que tengo la cabeza dura. Me paso el día cayéndome.

Las chicas se acercaron, me agarraron por los brazos y me ayudaron a levantarme.

—Tienes que venir con nosotras —dijo la del vestido—. Aquí no estaremos a salvo.

Me agarraron por los brazos con fuerza y empezaron a llevarme hacia la puerta.

—Vamos —dijo la otra.

—¡Un momento! —dije soltándome—. ¿Adónde me quieren llevar?

—Lejos de aquí —dijo la primera chica—. Muy lejos. A un lugar donde estemos a salvo.

—¿Cómo dicen? —grité—. ¿Quiénes son ustedes dos?

—Yo me llamo Britney Crosby —dijo la primera—. Y esta es mi amiga, Molly Molloy.

7

¿Britney y Molly? ¿Por qué me sonaban esos nombres?

—Yo soy Robby Schwartz —dije—. Y...

—Vamos, Robby, date prisa —dijo Britney agarrándome del brazo otra vez—. HorrorLandia no es un lugar seguro.

—¿Acaso piensas que lo que te ha pasado en esa máquina de juegos ha sido un accidente? —preguntó Molly—. Acabas de ver tú mismo lo peligroso que es estar aquí.

—Ven con nosotras —dijo Britney sacándome de la sala de juegos.

—Pero... ¿a dónde? —insistí. Estas chicas eran muy raras.

—Al otro parque —susurró Molly. Miró a su alrededor para comprobar que nadie la oía—. Allí estaremos a salvo.

—¿Cómo que al otro parque?

—Todos los invitados especiales están aquí por una venganza —dijo Britney, que seguía agarrándome del brazo con fuerza. Estaba muy asustada—. Tenemos que rescatar a los demás.

—¿Venganza? ¿Quién quiere vengarse? —pregunté—. No entiendo nada de lo que están diciendo. No tiene ningún sentido.

Salimos del cuarto y pasamos a la luz celeste de la sala de juegos. Ya no se oía música, ni ruidos. Era muy tarde. No quedaba nadie.

—Confía en nosotras —dijo Molly—. Tenemos que llevarte al otro parque.

Se sacó una ficha del bolsillo y me la puso delante de la cara.

La moneda dorada estaba tan nueva y brillante que pude ver mi cara reflejada. Y también vi la siguiente inscripción: PARQUE DEL PÁNICO.

—Quiero que mires esto. Por un minuto —dijo Molly.

—¿Qué quieres hacer, hipnotizarme? —pregunté entre risas.

No me contestaron. Y de pronto, mientras miraba aquella ficha dorada y brillante, empecé a sentirme raro. Era como si la moneda me estuviera atrayendo; como si mi propio reflejo me absorbiera con una fuerza extraordinaria.

Sentí mi cuerpo levitar y deslizarse hacia la moneda que tenía Molly. Sentí que no pesaba nada. Era como si pudiera entrar en la moneda y desaparecer para siempre en su brillo.

Más cerca… y más cerca. Me derretía. Mi cuerpo se hacía cada vez más pequeño, del tamaño del círculo dorado. Empezaba a desaparecer... para siempre...

Entonces respiré hondo y solté un furioso alarido.

—¡Noooo!

Sin pensarlo dos veces di un manotazo a la moneda, que voló desde la mano de Molly hasta la puerta de la sala de juegos, donde cayó rodando.

—¡Recógela! —gritó Molly a su amiga.

Pero antes de que nadie pudiera moverse, la puerta se abrió de golpe.

—¡Eh! —grité sobresaltado.

Al otro lado de la puerta apareció una marioneta de ventrílocuo. Estaba sola. Sin nadie que la sujetara.

La marioneta llevaba un traje gris muy ceñido y un sombrero rojo. Tenía pintada una horrible sonrisa en la cara.

Britney y Molly retrocedieron con un gesto de terror.

—¡Slappy! —gritaron las dos al mismo tiempo.

8

Quería alejarme de las dos chicas cuanto antes. Su comportamiento era de lo más extraño.

Me acerqué a la puerta dispuesto a apartar a esa marioneta de mi camino.

¡Pero aquella cosa se empezó a mover!

Dio varios pasos hacia mí... y extendió sus brazos de madera para cerrarme el paso.

—¡Oye! —grité, y luego me dirigí a Molly y a Britney—. ¿Quién lo hace caminar?

Pero antes de que abrieran la boca, la marioneta habló con una voz áspera, penetrante y diminuta:

—¿Y a ti quién te ha hecho tan idiota? ¡No te quedes mirándome con esa cara de bobo! ¡Recoge la moneda, cara de jaula!

Las chicas dieron un grito de espanto y empezaron a retroceder.

—¡Qué locura es esta! —grité—. ¿Quién lo hace hablar?

—Será mejor que le obedezcas —susurró Britney.

—¡Recoge la moneda! —gritó la marioneta—. ¡Haz caso a tus nuevas amiguitas!

Cerré los puños con fuerza y avancé hacia ese tipejo.

—Robby... ¡ten cuidado! —advirtió Britney—. ¡Es muy malvado!

—¿Lo conoces?

—¡Creo que nos ha seguido hasta aquí! —alcanzó a decir Molly—. Se llama Slappy. Y está vivo. ¡Te lo juro!

—Sí, claro —susurré mientras me preparaba para enfrentarme a la marioneta—. ¡Apártate, Slappy!

¡Robby Schwartz, el gran héroe, ataca de nuevo! Bajé el hombro y lo embestí.

—¡Aaayyy! —grité de dolor. Tenía las mandíbulas de Slappy pegadas a la oreja.

Alcé la cabeza y levanté a la marioneta del suelo. Agité la cabeza para sacudírmela, pero no se soltaba. Sus labios de madera me apretaban con gran fuerza.

Sentí un intenso dolor de cabeza. Me puse de rodillas, agarré a la marioneta con las dos manos y tiré, tratando en vano de quitármela de la oreja.

—¡No... no, suelta! —dije. El dolor era tan intenso que apenas podía respirar—. ¡Vas a arrancarme la oreja!

La marioneta acabó por soltarme y volvió a hablar.

—Recoge la moneda, Britney.

Britney titubeó durante unos instantes, pero se agachó y recogió la moneda dorada.

—Ponla enfrente de este idiota de pelo largo —ordenó el muñeco.

Britney obedeció. Me puso la moneda delante de los ojos. Brillaba tanto que podía verme reflejado en ella.

Y una vez más, sentí que me atraía... sentí que me elevaba del suelo y me deslizaba hacia el exterior. De nuevo me sentí absorbido por la luz dorada de la moneda.

La luz se hizo más intensa... y más intensa aun... hasta que no quedó más remedio que cerrar los ojos.

Al abrirlos de nuevo me vi tirado en el suelo de la sala de juegos. Alcé la cabeza poco a poco, mareado y exhausto.

—¿Britney? ¿Molly?

Pero no eran Britney y Molly. Las miré con esfuerzo.

—¿Qué te pasa, Robby? —preguntó Carly Beth—. ¿Qué haces sentado en el suelo?

—No hay tiempo para jugar videojuegos —dijo Sabrina, y me agarró de un brazo y me ayudó a levantarme.

Agité la cabeza tratando de sacudirme el mareo.

—¿Dónde están las otras dos chicas? —pregunté—. ¿Y la marioneta?

Sabrina y Carly Beth miraron a su alrededor.

—Aquí no hay nadie —dijo Carly Beth.

—Estaban aquí hace un instante —dije—. Me contaron que los invitados especiales corren peligro. Que tenemos que marcharnos.

Carly Beth se me acercó y me tocó la sien.

—¿Qué es ese bulto? —preguntó—. ¿Te has dado un golpe en la cabeza?

Me toqué la cabeza y noté un chichón. Cuando apreté, me dolió.

—Me he golpeado con la máquina de juegos —dije.

Sabrina soltó una carcajada.

—Primero te tropiezas con una serpiente de peluche. ¿Y ahora te das un cabezazo con una máquina de juegos?

—No, escúchenme —dije—. Estoy hablando muy en serio. Esas chicas vinieron a ayudarme. Dijeron que tenemos que salir de HorrorLandia. Y que tenemos que ir al otro parque.

Carly Beth me miró con impaciencia.

—No hay otras chicas —dijo—. Te has dado un golpe en la cabeza, Robby. Te has puesto fuera de combate tú solito. Todo eso lo habrás soñado.

—Vamos a buscar a los demás —dijo Sabrina, agarrándome del brazo y llevándome hacia la salida de la sala de juegos.

¡Qué lío! ¿Tendrían razón? ¿Estaría recordando un sueño absurdo? ¿Acaso había soñado que las niñas desaparecidas vinieron a rescatarme? Si era un sueño, fue muy real...

—¡Un momento! —dije, zafándome de ellas.

Había visto algo junto a la puerta, por la parte de dentro. Me agaché a recogerlo del suelo...
Era la moneda dorada.

Continuará en...

NO. 6
¿QUIÉN ES TU MOMIA?

ARCHIVO DEL MIEDO No. 5

Luke:

No más nombres secretos.

No más misterios.

Ya es hora de contar a todos nuestra historia para prevenir a Robby Schwartz y a los demás. ¿Me sigues? ¡Buscaré tus respuestas en el sitio de Internet!

Tu hermanita,

Lizzy

REDACCIÓN

Un día en HorrorLandia

Conecta con el Mapa #1

Conecta con el Mapa #3

Acerca del autor

Los libros de R.L Stine se han leído en todo el mundo. Hasta el día de hoy, se han vendido más de 300 millones de ejemplares, lo que hace que sea uno de los autores de literatura infantil más famosos del mundo. Además de la serie Escalofríos, R.L. Stine ha escrito la serie para adolescentes Fear Street, una serie divertida llamada Rotten School, además de otras series como Mostly Ghostly, The Nightmare Room y dos libros de misterio *Dangerous Girls*. R.L. Stine vive en Nueva York con su esposa, Jane, y Minnie, su perro King Charles spaniel. Si quieres saber más sobre el autor, visita www.RLStine.com.